モブ令嬢は義弟のラスボス化を回避したい!!
執着溺愛ルートなんて聞いてません

まつりか

✦

Illustration
針野シロ

gabriella books

モブ令嬢は義弟のラスボス化を回避したい!!
執着溺愛ルートなんて聞いてません

c o n t e n t s

第一章　前世の記憶

「失礼」

ふと後ろから掛けられた声に振り返る。

自邸の渡り廊下に立っていたのは、見知らぬ男性だった。

「どちらさまですか？」

私の質問に、父と同い年くらいに見える男性はにこりと微笑《ほほえ》む。

平日の昼下がり、ちょうど使用人達が慌ただしく働いている時間ということもあり、周囲に人気はない。

――誰かの訪問があるとは聞いていなかったわ。

突然の訪問者を訝《いぶか》しんでいれば、相手は薄っすらと口端を吊《つ》り上げた。

「お嬢さんは、マディス子爵家のクレア嬢かな？」

自分の名前を呼ばれて、思わず目を見開く。

私の名前を知っているということは、父の知り合いだろうか。

ふと相手の身なりを確認すれば、その袖口には王城勤めの証《あかし》であるカフスボタンが光っていた。

「もしかして、父をお探しですか？」

「ああ、そうなんだ。少し迷ってしまってね。庭園を一回りしてきたよ」

「父は書斎にいると思います。この渡り廊下を渡って、右に曲がった突き当たりの部屋です」

「ありがとう。親切なお嬢さん」

お礼を口にした男性は、私の横をすり抜けて行くのかと思ったが、不意に足を止めた。

こちらを振り返る気配に顔を上げれば、男性はじっとこちらを見つめている。

「お嬢さん、もう一つだけお尋ねしたいことがあるんだが」

その声を耳にした瞬間、ふと妙な違和感を抱いた。

相手の声が二重に聞こえ、こちらを見下ろす相手の姿がぐにゃりと歪《ゆが》むような感覚に目を瞬く。

驚きに硬直していれば、男性の口元がゆっくりと動いた。

「最近、この邸《やしき》に変わったことはなかったかい？」

その質問に、なぜかうっすらと肌が粟立《あわだ》った。

理解のできない自分の反応に動揺しながらも、相手に悟られてはいけないような気がして、笑顔を張り付ける。

「……変わったことですか？」

聞き返した私を見て、相手はまるで何かを探るようにその目を細めた。

「そう。例えば、お嬢さんくらいの年頃の少年が、ここを訪ねて来たりしなかったかな？」

その質問に、どくんと心臓が跳ねる。

「金色の髪に、青い大きな目をした男の子なんだが」

その特徴を耳にした瞬間、ふと見慣れない景色が脳裏に浮かんだ。

荒廃した街並みに、瓦礫《がれき》に囲まれた建物。

武装した集団の中心には、薄汚れた襤褸《ぼろ》布で身を包んだ青年が立っている。

青年が纏《まと》う襤褸布の下からは、癖の強い金色の髪と切れ長の青の瞳が覗《のぞ》いていた。

会ったこともない人物、身に覚えもない記憶なのに、なぜか私は確かに『彼』を知っていた。

――そんな、まさか。

信じられない状況に頭の中は混乱しながらも、今ここで彼の存在を口にしてはいけないことだけは理解できる。

緊張に喉がカラカラになりながらも、渇いた口からなんとか声を絞り出した。

「……知りません」

私の答えに男性は小さく頷《うなず》くと、張り付けたような笑顔をこちらに向ける。

「変なことを聞いて、すまなかったね」

そう口にすると、男性は何事もなかったかのように廊下の向こうへと姿を消した。

その足音が聞こえなくなった瞬間、私は居ても立ってもいられなくなり一目散に走り出す。

廊下を抜けて慌ただしく階段を登り、派手な音を立てて自室の扉を開くと、ちゃんと鍵がかかっていることを確認して、どさりとソファに倒れ込んだ。

全身で息をしながら天井を見上げ、ばくばくと鳴《な》り止《や》まない胸元を押さえつけて、ぽつりと独り言を漏らす。

「嘘《うそ》でしょ？」

自分でも理解しがたい状況に両手で顔を覆いつつも、こんがらがった思考を整理しはじめた。

先程、突然蘇《よみがえ》った記憶。

それは私が、この世界に生まれる前――前世を生きた記憶だった。

前世の私は、ここではない世界を生きた一般的な社会人女性だった。

寝食を忘れて没頭するほど読書が好きだった私は、休日のたびに好きな本を買《か》い漁《あさ》っては読《よ》み耽《ふけ》っていたことを覚えている。

ある日、とあるファンタジー小説の続きが気になって読み続けてしまい、窓の外から差し込んできた朝日に目を細めたのが最後の記憶だ。

きっと私の前世は、そのとき最期を迎えたのだと思う。

蘇った記憶の言葉を使っていいなら、私はこの世界に『転生』したのだろう。

ディアロス王国の下級貴族であるマディス子爵家に生まれた私――クレア・マディスは先月十二歳の誕生日を迎えたばかりだ。

ごくごく平凡な貴族令嬢として育てられてきたが、前世の記憶が蘇った瞬間、これまで身を置いていた環境が、急にファンタジー小説のように感じてしまう。

貴族にドレスに舞踏会にと一昔前の西洋風な世界観ながらも、入浴の習慣や豊かな食文化が根付いているこの世界には強い既視感があった。

——ここって『ディアロスの英雄』の舞台よね？

『ディアロスの英雄』とは、前世の私が死ぬ間際に読んでいたファンタジー小説であり、ディアロス王国の第一王子ライアスが自分の国を取り戻す成長物語だった。

物語の世界に転生だなんて俄《にわか》に信じがたい話だが、前世の記憶と今世の状況があまりに一致している現状から、これが偶然だとは到底思えない。

自分自身の転生を確信した瞬間、私は別の意味で頭を抱えた。

「なんで『ディアロスの英雄』なのよ……」

溜《た》め息《いき》を溢《こぼ》しながら、前世の自分の部屋の本棚を思い浮かべる。

「同じファンタジー小説なら、もっと平和な日常ものとか恋愛ものだってあったじゃない！」

異世界料理を楽しむスローライフものや、悪役令嬢が周りを振り回すラブコメものを始め、平和な物語だってたくさんあったはずだ。

それなのにどうして、よりによって血生臭い『ディアロスの英雄』なのか。

やりきれない思いに唇を噛《か》む。

「このままだと、確実に内戦に巻き込まれるわ」

天井を見上げて独り言を溢《こぼ》しつつ、額に手を当てる。

もしこの世界が『ディアロスの英雄』の舞台ならば、遠くない未来にこの国は内戦状態に陥るだろう。物語の終盤、主人公ライアスが帰国した直後に内戦が起こり、ライアスはそれを鎮圧するために剣を取る。

苦戦を強いられた主人公は、有力貴族の協力を得て反転攻勢に出て、反乱軍を蹴散らし、ようやく敵の本拠地に辿《たど》りつく。その主人公の前に、反乱軍のリーダーである艦褸布に身を包んだ一人の青年が姿を現すのだ。

頭から被っていた布を脱いだ青年の顔を見て、主人公は目を瞠《みは》る。

そこに立っていたのは——。

「第二王子のアベル・ディアロス」

ようやく追いつめた反乱軍を率いていたリーダー『ディアロスの英雄』のラスボスは、主人公の腹違いの弟である第二王子だった。

月明かりに照らされた金色の髪は、土埃《つちぼこり》にまみれながらもキラキラと煌《きら》めき、切れ長の薄青の瞳は真《ま》っ直《す》ぐに相手を見据える。

驚く主人公を前に、第二王子アベル・ディアロスは、その顔を歪めて笑った。

『久しぶり、兄さん』

久々に再開した弟の変貌ぶりにたじろぎながらも、主人公はようやく第二王子の置かれていた状況を知る。

母親を殺され、誰一人味方のいない王城で長年虐げられていたこと。

逃げ出そうとしても何度も捕えられ、見せしめにされていたこと。

食事を抜かれ、鞭《むち》で打たれ、生きる意味を見失ったこと。

そして、全てを諦め絶望し、この国の全てを滅ぼしてしまおうと内戦を企てていたこと。

第二王子はこれまでの身の上を語り、「最期に会えて良かった」と言い残すと、隠し持っていた短剣で自身の喉を切り裂いた。

必死に伸ばした主人公の手は届くことなく、第二王子は地面に崩れ落ちる。

駆け寄った主人公に抱き上げられながらも、広がる血溜《だ》まりの中で第二王子が息絶えていくシーンが、強く印象に残っていた。

——第二王子が内戦を起こした最初の原因は、王妃だったのよね。

そもそも『ディアロスの英雄』の最初の悪役は、ラスボスの第二王子ではなく王妃だった。

彼女は自分の息子である第三王子を王位につかせるために様々な策略を巡らせていた。

主人公である第一王子は王妃に命を狙われ、留学という名目でなんとか隣国に逃げ延び、力を付けて帰国したのちに王妃に制裁を下して王位を掴《つか》む。

しかし第一王子とは違い、自国に取り残されてしまった第二王子は、側室であった母親を殺されたのち、執拗《しつよう》に命を狙われ続けることになってしまった。

王城で孤立し虐げられ、追い詰められて全てに絶望した彼が、復讐《ふくしゅう》を決意してしまう気持ちも十分にわかる。王妃が罰せられた後も彼の憎しみは消えず内戦を起こしてしまったのだろう。

——兄弟のどちらも、王妃の被害者であることに違いはないのに。

兄弟同士がボタンを掛け違えてしまったことですれ違い、殺し合うことになってしまった悲しい結末に、多くの読者が同情の声を寄せていたことを覚えている。

だがしかし、それは物語の場合の話であり、現実となった今の状況では同情なんてしている場合ではなかった。

——内戦が起こることがわかっているのなら回避しなきゃ！

内戦が起こるのは主人公が二十歳のときであり、第一王子は現在十三歳。

つまり、残された時間はあと七年ということになる。

七年の間に周囲を説得して、せめて身内だけでも隣国に逃れることができないだろうかと考えてみるものの、情に厚く、なにより領民を大切に思っている父が領地を放棄するとは考えにくかった。

それに、私自身にも身内以外に失いたくない人は多くいる。

その全員を隣国に逃れさせるというのは土台無理な話だろう。

——国を離れるのは現実的じゃないわね。

一時的な避難という方法については、一旦頭の隅に追いやる。

そうはいっても、このまま内戦が起こるのを手をこまねいて待っているわけにはいかない。

再び溜め息を溢すと、前髪をくしゃりと掻《か》き上げた。

自分自身を含めて今世の家族の命にも関わってくるかもしれないのだから、前世の知識でもなんでも利用して、どうにかできないかと頭を働かせる。

「内戦から逃げることが難しいのなら、そもそも内戦が起こらないようにすることはできないかしら」

ぽつりと呟《つぶや》いてみれば、案外これしか方法がないのではという気になってくる。

大好きだった『ディアロスの英雄』のストーリーを改変することは心苦しいが、背に腹は代えられない。

考えをまとめるために情報を書き出してみようと机に向かえば、ふと近くの鏡台に自分の姿が映った。

腰まで伸びた真っ直ぐな茶色の髪に、自国では一般的な翠《みどり》の瞳。

十二歳らしく幼さが残る可愛《かわい》らしい見た目だとは思うのだが、残念ながら貴族令嬢としては平凡な部類の容姿だった。

「どうせ転生するなら、絶世の美女に生まれ変わってみたかったわ」

そんな軽口を言いながら肩を竦《すく》める。

マディス子爵家のクレアという存在は、『ディアロスの英雄』には一度も登場しなかった人物だ。

物語の性質上、内戦中に主要登場人物があっけなく死を迎えることはないだろうが、名前も容姿も出てこなかったモブ令嬢の場合はどうだろうか。

――何かの拍子に、あっさり死にそうよね。

一度内戦が起こってしまえば、反乱軍の攻撃に巻き込まれたり倒壊した建物の下敷きになったりと、いくらでも死因を想像できてしまう。

実際『ディアロスの英雄』の本文にも、内戦の凄惨さを描写する中に、多くの死人や怪我人《けがにん》が出たことは記されていた。

――何もしなければ、物語に殺されそうだわ。

十分にありえる未来を想像して、背筋がぞっと寒くなる。

主要登場人物に縁のないモブ令嬢に何ができるのかと思いつつも、自分が生き残るためには、できることを考えるしかないだろう。

首を振って嫌な想像を吹き飛ばすと、机について現状を書き出し始めた。

「ええと、内戦が起こるのが七年後。首謀者は第二王子のアベル・ディアロスで……。うーん、内戦を起こさないようにするには、第二王子の情報が必要よね」

腕を組んで、何かヒントはないかと前世の記憶を辿る。

内戦が起こらないようにするならば、首謀者となる第二王子に働きかける以外の方法はないだろう。

「反乱を起こさないように、第二王子を説得してみるとか？」

口から零《こぼ》れた言葉を吟味してみるものの、その無謀さに乾いた笑いが漏れる。

――現実的じゃないわね。

子爵令嬢である私に、第二王子との接点があるはずがない。

一介の子爵令嬢が第二王子に接触できるとすれば、舞踏会やお茶会で偶然会えるかどうかだが、ここ数年の公式行事に参加している姿を見たことはない。

そもそも貴族の頂点である王族と、下級貴族との間には、容易に超えることのできない大きな隔たりがあった。

小説の中でも第二王子の身の上については、ほとんど触れられていなかったために、彼に接触するために、どう行動したらいいのか見当もつかない。

――ヒントになるとしたら、最期に身の上を語ったあのシーンくらいかしら。

主人公を前にして、第二王子が語った生々しい過去を思い返してみる。

『母上が殺されてから、僕は奴隷のような扱いだったよ』

『唯一僕を逃がそうとしてくれた侍女は、逃げ延びた先から連れ帰らされた僕の目の前で、嬲《なぶ》り殺された』

『僕を匿《かくま》ったばかりに、母上の親族まで殺されてしまったんだ』

『それからは地獄の始まりだったよ。ことあるごとに鞭で打たれるようになって、その姿を見世物として晒《さら》されていたんだ。いい笑いものだったよ』

凄惨な第二王子の身の上話に眉根を寄せながら、ふと動きを止める。

逃げ延びた先から連れ帰らされたということは、一瞬でも王城の外にいた期間があったということではないだろうか。

その逃げ延びた先というのは、第二王子を匿って殺されてしまったという母親の親戚筋に違いない。

側妃であった第二王子の母親は侯爵家出身であり、彼を匿った親族も恐らく貴族家のはずだ。

いつ頃の出来事だったかは明言していなかったが、短い期間でも城外にいた時期があることは間違いないだろう。

——王城にいるうちは接触のしようもないんだから、これしかないわ。

再び机に向き直ると、ペンをとる。

「第二王子が匿われたのは母親の親戚筋で、城外に逃げ出せたのは恐らくその一回だけね」

たった一回の機会を逃さずに、第二王子と接触しようとするのもなかなか無謀な試みだとは思う。

もしかしたら既に連れ戻されている可能性もあるが、何事もやってみなくてははじまらない。

今は内戦を阻止するため、なんとかして第二王子と接触しなくてはならなかった。

国内の貴族をしらみつぶしに、となるとかなりの数になってしまうが、第二王子の母親の親戚筋に限定すれば、絞り込むこともできそうな気がしてくる。

——幸い第二王子の親戚筋なら、うちのマディス子爵家もその一つだし、お父様に聞けば何かわかるかも。

そこまで考えて、はたと我に返った。

何度か瞬《まばた》きを繰り返した後、ゆっくりとその手を額に当てる。

先程前世の記憶を取り戻した衝撃で、すっかり頭の中から抜け落ちていた出来事が蘇ってくる。

『クレア、実は君には弟がいたんだよ』

先日父から告げられたのは、そんな一言だった。

突然の呼び出しを受けて父の書斎に向かえば、父の側にはほっそりとした少年が立っていた。

『クレアの一歳年下だが、名前はアデル。身体が弱くて、これまで王都から離れた遠いところで静養していたんだ』

父が喋《しゃべ》っている間、少年はどこかぼんやりと床を見つめていた。

『ようやく元気になったから、これからは王都で一緒に暮らそうと思っている』

父に背中を押された少年は、つんのめりながらも一歩前に出る。

どこかおぼつかない足取りの彼に向かって、にこりと微笑みかけた。

『はじめまして、クレアよ』

弟だという少年は、私の挨拶にその青い瞳をちらりとこちらに向けたものの、小さく頷くだけだった。

——せっかく綺麗《きれい》な顔立ちをしているんだから、笑ったらもっとかわいいのに。

そんなことを考えながら、反応の薄い弟を見守っていた。

あのときは恥ずかしがっているのかと思っていたが、今日で既に一週間。

未《いま》だに彼は、家族団欒《だんらん》の時間に顔を出していない。

父からまだ体調が万全でないと聞いていたから深く考えていなかったが、ようやく再会した家族と親交を深めることなく自室に籠もり、食事の時間にすら出てこないという状況はさすがに違和感があった。

私の一つ下だという十一歳で、髪の毛は茶色がかっていたものの瞳は澄んだ青色、アデルという名前も第二王子と酷似している。

あまりにもできすぎた偶然ではないだろうか。

髪の色なんてその場だけならなんとでも誤魔化《ごまか》せるし、なんといっても我がマディス子爵家は、第二王子の母親と曾祖父《そうそふ》が共通しているという親戚筋だ。

「……多分、間違いないわよね」

言っては悪いが、そもそも親子揃《そろ》って平凡な顔立ちの我が子爵家に、あんな美少年が生まれるのは不自然な気がする。

父が用意しただろう偽名も、明らかに彼の本名に似通っていた。

——お父様も少しは誤魔化す努力をしてほしいわ。

肩を竦《すく》めつつも、相変わらず正直すぎる父の性質に苦笑を漏らすしかない。

同時に、先程渡り廊下で話した男性の声が蘇った。

『最近、この邸に変わったことはなかったかい？』

『そう。例えば、お嬢さんくらいの年頃の少年が訪ねて来たりしなかったかな？』

あの質問は、第二王子の存在を探っていたのだろう。

わざわざ父ではなく私に声を掛けたのも、事情を知らない私が、ついうっかり情報を漏らすことを期待していたのかもしれない。

「あの人、王妃の手先だったんだわ」

あのとき、もしうっかり『弟』のことを話してしまっていたら、第二王子の存在を勘付かれて王城に連れ戻されてしまっていたのだろうか。

そして私たち一家は、第二王子を匿ったとして……。

その先を想像して、ぞっと背筋が凍った。

——内戦どころか、第二王子が見つかった時点で殺されちゃうじゃない⁉

王妃の手先がすぐ目と鼻の先まで迫っていることに、言い表せない危機感に襲われて慌てて立ち上がる。

——とにかく会ってみるしかない！

勢いよく扉へ向かうと、部屋の外へと飛び出した。

廊下を走りながら、小説の内容を思い出す。

第二王子は死を選ぶ直前、自身の気持ちを切々と語っていた。

自分を置いて隣国に行ってしまった兄への恨み言や、誰も助けてくれない王城での辛い日々。

そして母親を殺した王妃が、のうのうとのさばるこの国が許せなかったと涙ながらに訴えていた。

その場面を読んで一番に感じたのは、兄弟二人がすれ違ってしまったことに対するやりきれなさだった。

もし主人公が国内に留《とど》まって第二王子と意思疎通をしていたら、もしくは第二王子も隣国に留学していたら、二人の未来は違ったものになっていたかもしれない。

悪いのは王妃に違いないのに、兄弟で殺し合うのはあまりに悲しすぎる結末だ。

そう考えて、ハッと顔を上げる。

――そうか、第二王子も隣国に留学すればいいんだわ。

第二王子が隣国に逃れてしまえば、王妃だってそう簡単に連れ戻せない。

隣国には第一王子がいるのだから、二人のすれ違いも回避できるだろう。

第二王子の身の回りの環境だって、王城にいるより遥《はる》かに良くなるはずだ。

「そうよ、そうすればいいじゃない！」

視界が開けた心地で、思わず声を上げる。

第二王子の隣国留学を実現させるには、まず私達マディス子爵家の人間を信じてもらうことが先決だ。

信頼関係のない状態で隣国留学を勧めたとして、彼にとって私は、突然現れた弟を疎ましく思って厄介払いをしようとする意地悪な姉でしかないだろう。

――まずは第二王子の信頼を得なくちゃ。

私は味方なのだと安心してもらいたい。

そして復讐に囚《とら》われてしまわないように、外の世界にあるたくさんのものに触れてもらおう。

例えば植物であったり料理であったり、どんなものでもかまわないから、彼が心から興味を持てるものを見つけられればいい。

——とにかく、今のままじゃだめだわ。

部屋に引きこもった状態では、母親を亡くした悲しみと王妃に対する憎しみから抜け出せなくなってしまう。

誰も信じられず孤独感に苛《さいな》まれたままでは、復讐の芽が出るのも時間の問題だ。

——王妃の手先に見つかる前に、先手を打たなくちゃ。

目的の部屋の前に着いた私は、肩で息をしながら大きな扉を見上げる。

——まずは、コミュニケーションを取ろう！

心の内で決意すると、コンコンと扉を叩《たた》く。

「……誰？」

一拍置いた後、部屋の中からか細い声が聞こえた。

「私、クレアよ」

名前を名乗った瞬間、扉の向こうから慌てるような物音が響く。

考えてみれば、一週間なんの興味も示さず放置していた姉が突然訪ねてくるなんて、何か裏があるのではないかと不安にさせてしまうかもしれない。

「驚かせてしまったならごめんなさい。せっかくいい天気だから、一緒に庭園にでも行かないかと思ったの」

相手が聞き取れるように、ゆっくりと語りかける。

「お父様からアデルは体調が万全でないと聞いたけれど、部屋にこもりっきりだと心配だわ」

「だ、大丈夫」

その声は、扉のすぐ向こうから聞こえた。

扉が開く気配はないが、一枚を隔てた向こう側に彼がいるのは間違いようだ。

「大丈夫なの？　体調は悪くない？」

「……うん」

ちゃんと返事があることに安心する。

――これなら、もう少し踏み込んでも問題ないかしら。

気合いを入れるようにぐっと拳を握ると、扉の向こうの彼に笑顔を向けた。

「もしよかったら、アデルの元気な顔を見せてくれないかしら。ずっと姿を見ていないから心配だわ」

私の提案に、返答が途絶える。

扉の向こうでごそごそと動くような音はするものの応答のない様子に、踏み込み過ぎただろうかと内心反省していれば、カチャリと鍵が開く音が響いた。

驚きに目を瞠《みは》っていると、ゆっくりと開いた扉の隙間から少年が顔を覗かせる。

初めて出会ったとき同様にほっそりとした少年は、茶色がかった前髪の奥からこちらを見上げていた。

「……これで、いい？」

ぼそりと聞こえた声にハッと我に返ると、にっこりと笑みを浮かべる。

「ええ、アデルの元気な顔を見られて安心したわ」

実際、肌艶は良いとは言えないものの、出会った日よりも顔色は良さそうに見える。

ただ少し気になったのは、その髪色が前回よりもまだらに見えることだ。

——やっぱり、貴族のお忍び用の染髪料を使ってるんだわ。

前世の染髪料とは違って、この世界の髪染め方法は絵の具を髪に吹きかけるような、その場しのぎのものでしかない。

目の前の少年が第二王子であることはおそらく間違いないだろうとは思っているが、それでも確かな証が欲しかった。

どうしたものかと逡巡《しゅんじゅん》していたとき、ふと彼の頭に紙屑《かみくず》のようなものがついていることに気付く。

「あら、アデル。髪に何かがついているわ」

何の気なしに相手の髪に手を伸ばした瞬間、パシッと手を弾かれた。

驚きに目を見開けば、向かいには私以上に驚いた様子の少年が、今にも溢《あふ》れそうなほど瞳に涙を溜《た》めていた。

「ご、ごめんなさ……触ら、ないで」

身体を震わせながら首を横に振る少年の様子に、ぎゅっと心が締め付けられる。

これまで王城で一体どんな扱いを受けてきたのだろうかと、やりきれない思いで顔を俯《うつむ》ければ、彼が動いたために床に落ちたものが目に映った。

彼の頭から落ちたらしきものは、やはり千切れた紙切れだったが、白いはずの紙の一部が、彼の髪の色に染まっていた。

先程その紙切れがついていたあたりの髪を見てみれば、そこにはうっすらと輝く黄金色が覗いている。

彼が第二王子であると確信するには、それだけで十分だった。

ゆっくりと身を屈《かが》めると、床に落ちた紙切れを拾い上げる。

茶色く染まったそれを見た彼は、明らかに顔色を青褪《あおざ》めさせた。

「アデルは、髪の色を変えているのね」

私の言葉に、彼は焦るように視線を泳がせた。

「……子爵――父上が、その髪色は目立つからって染料をくださったんだ」

「そうだったの」

お父様も一応、彼の身バレ対策は考えていたらしい。

しかし、すぐに落ちてしまう染料で一時的に髪を染めるだけでは、根本的な解決にはならないだろう。

水に弱い染料は入浴や急な雨でも簡単に落ちてしまうし、そんな危険と隣り合わせでは、彼も外出から遠ざかってしまうに違いない。

それに――。

手を伸ばして、本来の色が見えている部分に触れた。

「せっかく美しい金色の髪なのに、もったいないわ」

触れただけで、手にはうっすらと茶色の染料が付く。

前世でもカラーリング直後はしっかりケアをしないといけなかったのに、今世の絵の具のような染料を度々使用していれば、彼の美しい髪だってすぐに痛んでしまうだろう。

染料の付着した指先を見つめていれば、向かいの彼が小さく首を横に振った。

「僕が見つかったら、皆が危険な目に遭ってしまうから」

その言葉に、つい首を傾《かし》げる。

「危険？」

「……僕は、自分の見た目を隠さなきゃいけないんだ」

そう告げた彼が、あまりに苦しそうで思わず言葉を失った。

たった十一歳。

王族の一人として生まれた頃は何不自由なく暮らしていたはずの彼が、母親を殺されてからは、王城の誰からも手を差し伸べられず、こうして身を隠さなくてはならない立場になっている。

その境遇が見ていられなくて、強く唇を噛んだ。

辛い目に遭ってなお周囲の人までをも気遣ってしまうような彼が、内戦を起こすほどに追い詰められるなんて、王城は絶対にまともな環境ではないし、そんな場所にアデルを連れ戻させるわけにはいかない。

「……わかったわ」

私の声に、俯いていた彼が顔を上げた。

小さく首を傾げた彼に、安心してもらえるように笑顔を向ける。

心優しい彼に復讐を企てさせ、実の兄と殺し合うような結末は絶対に迎えさせたくない。

ぐっと拳を握ると、私は大きく頷いて見せた。

「私に良い案があるの」

「え――」

「こっちよ」

返事を待つ前にその手を掴む。

ぐいぐいと相手の手を引きながら廊下を突き抜け、自室へと連れ込んだ。

部屋に入り鍵がかかったことを確認すると、クローゼットの奥からあるものを引っ張り出して、ソファの上に並べていく。

一通り並べ終わると、呆然《ぼうぜん》とこちらの様子を眺めていた彼に向かって、両手を広げてみせた。

「さあ、どれでも好きなものを選びなさい」

「これは――」

「私には小さくなったドレスたちよ」

身長が伸びたことで丈が短くなったり、デザインが可愛らしすぎて着られなくなったりと理由は様々だが、クローゼットにしまったまま眠っていた物ばかりだ。

私の言葉に、彼は意味が解《わか》らないといったふうに目を瞬く。

その様子に、勢いばかりで説明が足りなかったと、慌てて言葉を続けた。

「せっかくの美しい髪を染髪料で痛めつけるのはもったいないし、染髪料は水にも弱いじゃない？　アデルが自分の見た目を隠したいのなら、服を着替えるほうが簡単だし確実だと思ったの。ほら、木を隠すなら森の中って言うじゃない？　男の子の貴方《あなた》が絶対に着ないはずのドレスを着ていれば、貴方を見た周りも誰も貴方を男の子だなんて思わないわ。男の子だって気付かれなかったら、見た目を隠す必要もないんじゃないかしら」

万が一ドレスを着た彼が王妃の手先に見つかったとしても、すぐに第二王子だと気付かれることはないだろう。

「これを着れば、貴方も安心して外を出歩けるはずよ」

私の言葉に、少年は大きく目を見開いた。

「せっかくなら呼び名も変えるのはどうかしら。アデルの名前に近くて女性らしい愛称なら、アビーなんていいかもしれないわね。弟のアデルは病弱で部屋から出られないけれど、友人のアビーとだったら一緒にお茶をしたりお出かけしたりできそうだわ」

そう口にして、あっと口元を覆う。

アビーは女性名であるアビゲイルの愛称だが、男性名ではアベルの愛称でもある。

まるで正体を知っていると言わんばかりの自分の失言に焦り、慌てて彼の手を掴むと友好的な笑顔を向けた。

「とにかく！　なにかあったら私が守るから安心して。こう見えて誤魔化すのは得意なの」

さっきだって、突然話しかけてきた王城の役人にもちゃんと対応できた。

それに今の私には、前世の記憶『ディアロスの英雄』の物語が頭に入っている。

この国が辿る未来の一部を知っている私なら、彼を危機から救うことだってできるはずだ。

「――うして」

目を見開いたままの彼は、掠《かす》れ声で何かを呟く。

よく聞き取れずにその顔を覗《のぞ》き込めば、少年は戸惑うようにくしゃりと顔を歪めた。

「……どうして、ここまでしてくれるの？」

切なげに細められた目に見つめられ、思わずぐっと言葉に詰まる。

ここまでと彼は言うが、私自身それほど大層なことはしていない。

彼がそう感じるということは、これまで王城の人々は本当に誰一人、第二王子に救いの手を差し伸べてこなかったのだろう。

想像していたよりもひどい状況に、ぐっと唇を噛みしめる。

私が彼に親切にするのには、内戦を起こさせないためという明確な目的がある。

しかし、この状況で正直な理由に話すことは憚《はばか》られた。

「……再会した弟を可愛がるのは当たり前でしょう？」

「弟？」

「そう、アデルは私の弟だもの」

思いついたもっともらしい理由を口にすれば、相手は呆然とこちらを見つめる。

納得してくれたのかどうかはわからないが、彼はゆっくりと顔を俯けるとどこか思いつめるような表情で黙り込んでしまった。

急に訪れた沈黙を前に、笑顔を保ちつつも背中には冷や汗が伝っていく。

――一国の王子を前に、女装の提案はやり過ぎたかしら。

良い案だと思ったのだが、本人が乗り気でないのに押し付けるのは違う気もする。

今日こうして部屋から連れ出すことができたのだから、あまり欲を出し過ぎるのもよくないかもしれない。

まずは一歩前進できたということで焦る必要もないかと、余裕を見せるつもりで、にっこりと微笑みかけた。

「ええと、急に色々話してしまってごめんなさい。無理にとは言わないから大丈夫よ。もし今後、外に出たいと思ったら、いつでも私の部屋に――」

「着る」

「え」

今度は私が目を丸くする番だった。

呆然とする私の前を、すたすたと進んだ彼は、ソファーの上にあった水色のドレスを手に取る。

ドレスを広げてしげしげと観察すると、周囲を見回したのちに、おずおずとこちらを見上げた。

「……少しだけ、部屋の外で待っててくれない？」

恥じらうような表情でじっと見つめられて、反射的にこくこくと頷き返す。

転がるように部屋を出ると、煩《うるさ》いほどに音を立てる胸元を必死に押さえた。

扉に背を預けるようにして天井を見上げると、ふうと詰まっていた息を溢す。

――さすが主要登場人物、顔が綺麗すぎるわ。

心を落ち着かせようと無心で深呼吸をしていれば、しばらくするとコンコンという音と共に、扉の向こうからドレスに身を包んだ少年が顔を覗かせた。

元々華奢《きゃしゃ》な体格に整った顔立ちだったせいか、少々髪は短いものの、その姿はどこからどう見ても良家のご令嬢にしか見えない。

「……おかしくないかな」

「全然！　とってもかわいいわ！」

ドレスの着方がわからなかったのか、ところどころ歪んでいたり留められていない箇所もあったりするが、そんなことは大した問題ではない。

なにより、突然だったにもかかわらず、私の提案を受け入れてもらえたことが嬉《うれ》しかった。

もしかしたら彼は、想像していたよりもずっと素直な性格なのかもしれない。

それなら尚《なお》のこと、全力で彼を守っていかなくてはとぐっと拳を握る。

「せっかくなら帽子も合わせましょう。お化粧もしたいし装飾品も色々試してみない？　きっともっとかわいくなって絶対に男の子だってわからないわ！」

「……うん」

私の提案に、彼ははにかむような笑みを浮かべた。

「準備ができたら、今日は一緒に庭園でお茶にしましょう」

こくりと頷いてくれる彼に、口端が緩みそうになる。

——これは、いいスタートじゃない⁉

喜びに跳ねるような心の内を抑え込みながら、私は浮かれた心地のままに新しくできた義弟を着飾らせ始めたのだった。

＊・＊・＊

「これはお母様が大事にしている薔薇《ばら》よ。色によって花言葉が違うらしいわ」

「へぇ」

明るい日差しの下、隣に立つビスクドールのような美少女は、私の指差すほうに視線を向けながら小さな相槌《あいづち》を打つ。

その美しさに目を細めながら、近くの薔薇の茎をそっと摘まむと『彼』の前に引き寄せた。

「ちなみに、この棘《いばら》に触るとすごく痛いのよ。怪我《けが》しちゃうから気を付けて」

私の言葉に、彼の形のいい眉が僅かに顰《ひそ》められる。

「クレアは怪我したことあるの？」

「もちろんあるわよ。前にこっそり部屋に飾ろうと薔薇を折ろうとしたら、棘が指に刺さってしまったの。すっごく痛かったわ。血に驚いて騒いでしまったせいで、お母様に見つかっちゃって、薔薇を折ろうとしたことと怪我をしたことで二倍叱られたわ」

「あはは」

隣から聞こえてくる楽しそうな笑い声に、つられてふっと頬《ほお》を緩めた。

アデルを部屋から連れ出して数週間、毎日のように庭園や邸の中を連れ回しているが、彼は日に日に明るくなっているように思う。

あの日、着飾ったアデルを連れた私は、まず両親の元へ向かった。

驚く二人に、彼の本当の髪色に気付いたことを伝えれば、父は「家族と違う髪色を見て私を驚かせないためだった」と苦しい言い訳をした。

嘘が下手な父には目を瞑《つぶ》るとして、髪色が違っても弟であることには違いないと明言し、『なぜか』アデルが自分の姿を隠したいと言っているので、しばらくこの格好で過ごさせてほしいと提案すれば、両親は驚きながらもアデルがいいならと彼の女装を了承してくれた。

アデル自身が賛成してくれたことも大きな後押しになったと思う。

『アデル。クレアはこう言っているが、君の本当の気持ちはどうなんだ?』

『……僕は、クレアの側がいい』

いじらしい返答に思わず抱きつけば、彼は顔を真っ赤にしてあわあわと動揺していた。

そんな様子を見て、両親たちもどこか安心したようだった。

その日以来、私は彼の正体を知らない体《てい》のまま、女装したアデル――もといアビーを毎日のように連れ回していた。

毎朝彼の部屋に迎えに行き、連れ立って両親の待つ食事室へ向かうと、家族揃って朝食をとる。

午前は庭園を散策して、昼食は二人で取り、午後は毎日何か一つ新しいものに挑戦することが日課になっていた。

今日は朝食時に、母から薔薇が見頃だと教えてもらったので、庭園から行き先を変更して薔薇園《ばらえん》を散策していたところだった。

四方を色とりどりの薔薇に囲まれた空間を歩いていれば、普段よりもアビーがきょろきょろと辺りを見回していることに気付く。

「アビーもお母様と一緒で薔薇が好き？　興味が湧いてきた？」

相手の顔を覗き込むと、彼は驚いたようにその身体を引いた。

「えっ⁉　う、うーん、どうかな。薔薇って贈り物としてよく使われるって聞くし、色によって花言葉が違うっていうなら、いつかちゃんと覚えなきゃって思って……」

照れくさそうに頰を搔《か》く姿に、つい目を細めてしまう。

花言葉でもなんでも、興味を抱くのは非常にいい傾向だ。

「それじゃあ、午後は私の部屋で花言葉の勉強にしましょうか」

「クレアの部屋で？　僕たち二人だけ？」

「ええ、なにか問題がある？　もちろん外部の講師を呼んだりはしないから安心していいわよ」

わかりやすく身体を硬くする彼の様子に、安心してもらおうとにこやかな笑みを浮かべた。

どこから情報が漏れるかわからない状況のため、自邸にはなるべく外部の人間を出入りさせないよう両親にお願いしている。

いつの間にか使用人達の間では、これまでアデルが王都に呼ばれなかった理由は病気ではなく、その女装癖のせいだとまことしやかに噂《うわさ》されているようだが、都合がいいのでそのままにしておいた。

どんな誤解があるにせよ、アデルがマディス子爵家の一員として認められつつあるのは、いい傾向に違いない。

「別に、そういうことを気にしてるわけじゃないんだけど……」

安心させようと口にした私の返答に、アデルはなぜか気まずそうに視線を泳がせる。

「あら、もしかして何か他にやりたいことがあった？　そういえば、この前お菓子作りに挑戦したとき随分楽しそうだったから、また料理長にお願いしてみる？」

先日は新しい経験をと思い、料理長に頼んで厨房《ちゅうぼう》でお菓子作りに挑戦させてもらった。

その日のことを思い出したらしいアビーは、思わずといったふうに緩んだ口元をその手で押さえる。

「いや、お菓子作りは別に……あのときはクレアが、あんまり不器用で下手くそだったからつい」

「なっ、当たり前でしょう！　お菓子作りなんて初めてだったんだから」

「僕だって初めてだったよ」

口元を押さえても笑いが堪らえきれていないアデルに、つい声を荒らげてしまう。

その日アデル一人ではつまらないだろうと私もお菓子作りに参加することになったのだが、すぐにその判断を後悔することになった。

何度挑戦しても不格好な潰れた塊しか生み出せない私に対し、器用なアデルは一回でこんがり美味《おい》しそうな焼き菓子を仕上げていた。

全く同じ材料を使い、同じように教えてもらったはずなのに、どうしてこうも違いが出るのかと半ば泣きそうになった苦い思い出は、今も時折蘇ってきては私を苦しめている。

「……アビーもどうして私の失敗作を食べたのよ。アビーの焼き菓子のほうが絶対おいしかったのに」

「あはは。材料は同じなんだから、そう変わらないよ」

笑ってごまかす彼は、自己責任だからと全部食べようとしていた私の失敗作を、味見がしたいと言って半分以上交換してくれた。

そういう優しい一面を見るたびに、絶対にアデルを不幸にしてなるものかと心を新たにしてしまう。

一緒に過ごし始めて、まだひと月しか経《た》っていないのに、自分自身にとってアデルは、大切な家族であり、かけがえのない親友のような存在になっていた。

楽しそうに笑うアベルを横目に見て、きゅっと口端を引き結ぶ。

——アデルを守るためにも、早く留学を勧めないと。

居心地のいい毎日に時を忘れそうになるものの、本来の目的を忘れるわけにもいかない。

四六時中一緒にいるにもかかわらず、一ヶ月余りが過ぎた今でも、私はなかなかアデルに隣国留学を提案できないでいた。

女装で一時的に誤魔化せているとはいえ、成長期が来ればいずれドレスも入らなくなる。

王妃の手先がアデルを探している以上、早めに隣国に渡ることが彼のためでもあった。

気持ちだけは逸《はや》りながらも、さすがに王妃から逃れて第一王子と和解するために隣国留学をしてほしいと言うわけにもいかない。

——何かアデルが興味を惹《ひ》かれるようなものがあれば勧めやすいんだけど。

これまでアデルと一緒に体験してきたものを思い浮かべてみるが、先程話題にでたお菓子作りをはじめ、他にも絵画やチェス、刺繍《ししゅう》までもやってみたが、驚くことに彼はその全てを完璧にこなしてみせた。

まるで経験者のように一通りできてしまう彼に、どうしてそんなに簡単にできてしまうのかと尋ねれば、逆になんでできないのかと困った顔で質問を返されてしまった。

どうやら凡人に生まれた私に天才の思考は理解できないらしく、逆もまた然《しか》りらしい。

彼が王城で第一王子と同様に冷遇されたのは、その抜きんでた才能も理由の一つだったのかもしれないとなんとなく想像してしまった。

王城から逃げて来てくれて本当によかったと改めて思いながら、隣の彼を見つめる。

レースたっぷりのボンネットを頭に付け、襟付きの薄桃色のドレスがよく似合うその姿は、どう見ても良家の御令嬢《ごれいじょう》にしか見えない。

今の彼を見て、第二王子だと気付く者はまずいないだろう。

「……なに？」

自分を見つめる視線に気付いた彼が、訝しげな視線をこちらに向けた。

周囲を薔薇に囲まれた可愛らしい美少女に不審がられても、こちらは顔が緩んでしまうだけだ。

「ふふ、なんでもないわ。アビーは器用で何でもできちゃうし誰もが振り返る美人だから、成人したら求婚状で部屋が溢れかえりそうだなって思って」

ついつい少女姿のまま成長した彼を想像してしまう。

波打つ金色の髪を靡《なび》かせる美しいご令嬢の姿を想像すれば、ついうっとりとした溜息《ためいき》が零《こぼ》れ落《お》ちた。

そもそもアデル自身、物語の主要人物ということもあってか元の顔立ちが非常にいい。

『ディアロスの英雄』にラスボスとして出てきたその姿だって、薄汚れた布を捨て去れば、誰もが振り返るような美青年だった。

その優れた容姿もあって、第二王子には根強い読者人気と同情が寄せられていたことを今更ながらに思い出す。

――このままずっと平和な時間が続けばいいのに。

現実逃避をしたくなる気持ちを抑えつけるように、胸元をぎゅっと握り締める。

――原作通りなら、アデルは十八歳のときに内戦を起こしてしまうのよね。

隣に立っている可愛らしい彼が、近い将来に命を落としてしまうことを想像して、思わず身震いをする。

無事アデルに成人を迎えてもらうためには、なんとしてでも隣国への留学を承諾してもらわなくてはならなかった。

――どうにかして隣国留学を勧めなきゃ。

「クレアは？」

突然呼ばれた名前に顔を上げると、こちらを覗き込むアデルと目が合う。

「私？」

「……さっきの話。求婚だとか言ってたでしょ」

「求婚——ああ、縁談の話ね！」

先程までの会話を思い出して、慌てて話を合わせる。

「もう、そういう話はきてるの？　縁談とか十二歳ならそろそろ来てもおかしくない年頃だよね」

その言葉に、思わず口元が引き攣《つ》りそうになった。

確かに評判の良い貴族令嬢であれば、早ければ十歳頃から縁談が来ていてもおかしくない。

しかし、平凡な子爵令嬢である私に一足早い縁談が来ている気配は、残念ながら全くなかった。

異世界転生を題材とした物語といえば、美人に生まれ変わって煌びやかな貴公子達から沢山の縁談をもらえるものばかりだった気もするが、現実はそう甘くないらしい。

——そもそも恋愛小説じゃない『ディアロスの英雄』に転生してしまったことが運の尽きよね。

心の内で溜め息を溢しながらも、くよくよしていても仕方がない。

そもそも私はまだ十二歳であり、デビュタントを迎える十六歳までにはまだ四年ある。

アビーに比べれば少々不器量かもしれないが、子爵家の一人娘なのだから、これから縁談の一つや二つくらいは巡り合えるだろう。

「まだ来てはないけど、私だって何とか頑張るつもりよ？　アビーほどの美しさはなくたって、私でもいいって言ってくれる旦那様を見つけてみせるわ」

アビーほど選《よ》り取《ど》り見取《みど》りではなくとも、モブはモブなりに、それなりの相手を見つけられるはずだ。

「もし国内に見つけられなくたって――あっ！　例えば、隣国ぐらいまで探せば見つかるかもしれないじゃない？」

「隣国？」

「そうよ、隣国！　世界は広いんだから視野を広げないと！」

ようやく口にできた『隣国』というキーワードを主張するように拳を握ってみせれば、彼は小さく肩を竦めた。

「視野を広げる前に、ちゃんと周囲を見ることから始めたほうがいいと思うけど」

「どういう意味よ」

「……クレアって僕の性別たまに見失ってるよね」

呆《あき》れたような溜め息を吐いたアビーは、まあいいやと呟くと首を横に振る。

「昼食はいつものところ？」

「え？　ええ、そうだけど」

「ふうん、じゃあ行こう」

突然話を変えたと思ったら、私の腕を掴むといつもの東屋《あずまや》に向かい始めた。

ようやく話題に出せた『隣国』に対して反応が薄かったことに少々落ち込みつつも、まだ一ヶ月しか経っていないのだからと顔を上げる。

七年という期限はあるが、まだ十分に時間はある。
ゆっくりと慎重に彼を――アベル・ディアロスを説得しなければと改めて決意を固めながら、前を進む背中を追いかけた。

＊・＊・＊

「アビー見て！　このドレス素敵じゃない？　隣国の流行らしいの」

「……また隣国？」

真新しいドレスを身につけて部屋に訪れた私を見て、アデルは明らかに顔を顰めた。

「またって何よ。そんな顔をするほど言ってないでしょう？」

「言ってるよ。ここ最近のクレアは何かにつけて隣国隣国って言い続けてる」

溜め息を吐いた彼は、自室のソファの背もたれにぐったりと身体を預けると、うんざりした様子で金色の前髪の間から薄青色の瞳を覗かせた。

「先々月は突然、隣国の料理に挑戦するとか言い出したし、先月は隣国の観光地を日替わりで説明しに来てたじゃん。それに今月に入ってからは、隣国風のドレスを着て来たの今日で二回目だよ？　どう考えても不自然でしょ」

言い連ねられた事実に全て心当たりがあるため、うっと言葉に詰まってしまう。

「何が言いたいの？　旅行にでも行きたいの？」

「ち、違うわ！」

「だったら何？」

一段低い声で凄《すご》まれると、返せる言葉が見つからなかった。

「な、何って改めて聞かれると……」

訝しむような眼差《まなざ》しを向けられて、慌てて視線を泳がせる。

彼がアビーとして子爵家で過ごし始めて半年近く、随分と素が出て来たらしいアデルは、相変わらず可愛らしいドレスに身を包んでいるものの、言動はやんちゃな少年そのものになっていた。

アデルが自分の意見をはっきり言うようになったことで、周囲曰《いわ》く、これまで弟を守る姉に見えていた関係が、いつのまにか弟に世話を焼かれる姉のような構図になっているらしい。

不本意ながらも、今のやり取りでさえも、あっというまに会話の主導権を握られている時点で、アデルに敵《かな》う気がしなかった。

「ほ、ほら。隣国って政治も安定してるし治安もいいし、友好国だけあって文化も似ているじゃない？なんだかつい親しみを感じちゃうのよね」

「ふうん？」

疑わし気な視線を向けられて、ついつい笑顔が引き攣りそうになる。

出会った頃より明らかに憎まれ口も増えてきているが、ありのままの反応を見せてくれているのだから、多少なりとも信頼されていると思っていいのだろう。

実際アデルは、両親や使用人達に対しては借りてきた猫のように大人しくなるし、今のように感情豊かに話してくれるのは自分に対してだけだった。

なんだかんだ懐かれていると思えば、悪い気はしない。

「クレアって本当に突拍子もないことしはじめるから理解できないよ」

「あ、あはは」

「少しはしっかりしてよね」

一歳年下であるはずの相手からの指摘に、つい乾いた笑いが漏れ出てしまう。

半年が経過し、邸にも女装にも慣れた彼は、少し前から家族との朝食以外は一日を自由に過ごすようになっていた。

これまでのように引っ張り出さなくても自分で部屋を出るようになっているし、なにやら父と話し込んでいたり自主的に母の薔薇園に通ってみたり、たまに私の部屋を訪れてみたりと気ままな生活を送っている。

自分で部屋を出るようになったことは大きな前進だとは思いつつも、結局最終目的である隣国への留学は提案できないまま、ただ徒《いたず》らに時間が経過していた。

数ヶ月前頃から焦り始めた私が、何かにつけて隣国を話題に出していたせいで、アデルにはどうも不信感を抱かせてしまっていたらしい。

自分の行動を反省しつつも、アデルに孤独感を抱かせずに隣国留学に興味をもってもらうためには、結局隣国の話題を振るくらいしか方法が思いつかなかった。

内戦阻止のためならば、多少の違和感には目を瞑ってもらうしかないだろう。

「あっそういえばこの間、隣国の素敵な恋物語をお父様が教えてくださったの。それがすごく情熱的だったから、つい憧れちゃったわ」

「恋物語？」

アデルの眉がピクリと跳ねる。

「どんな内容なの？」

まさかアデルが恋物語に興味を持つなんてと驚きつつも、隣国への食いつきに口端が緩んでしまう。

「ええと……貴族令嬢のお話だったのだけど、婚約者に浮気をされて捨てられてしまった御令嬢に、隣国の王子様が身分を隠して求婚するの。王子様の情熱的な求愛にご令嬢は心を開いていくんだけど、本当の身分を知らない周囲の反対に遭って、彼女は一度彼を諦めようとするのよ。でも王子様は彼女を手放すことはなく、自身の本来の身分を明かして改めて求婚するの」

「なにそれ。そもそも、婚約者がいるのに浮気するやつが信じられない」

ばっさりと切り捨てるアデルに、苦笑いを浮かべてしまう。

「ま、まあ色々事情があるんじゃない？　ほら、貴族なら政治的なものとかも色々」

「事情があったとしても、婚約中に他の女にふらつくなんて不誠実」

理解できないと続けた彼は、肩を竦めて首を振った。

この物語を耳にしたとき、まさか前世で読んだ婚約破棄ものが隣国にあるなんてとつい喜んでしまったが、アデルにはどうもお気に召さなかったらしい。

――誰にだって好き嫌いはあるわよね。

そっぽを向いてしまった彼と私の間に、気まずい沈黙が落ちる。

婚約破棄ものの浮気王子のせいで、こんな空気になるなんてと半ば恨みに思いつつも、とにかく話を逸《そ》らそうと別の話題を探した。

「あー……そ、そう！　ほら留学中のライアス殿下だって、隣国からすれば他国の王子様なわけじゃない？　もしかしたらあちらで素敵な出会いがあるかもしれないわよね」

なんとか捻《ひね》りだした話題に、そっぽを向いていた彼がゆっくりと振り返る。

その顔は明らかに不機嫌であり、わかりやすく顔を顰めた彼は、冷ややかな視線をこちらに向けた。

「クレアは、第一王子が好きなの？」

「へ？」

思いもよらぬ発言に、気の抜けた声が漏れる。

突拍子もない質問を前に、冗談かと思いつつも、じっとこちらを見つめる相手の表情は真剣そのものだった。

妙に静かになった室内で、気まずさからつい頬を掻く。

「そんなことはないけど、どうして？」

「クレアが第一王子に対して妙に肯定的だからだよ。第一王子って、留学の建前で王位から逃げた卑怯者《ひきょうもの》なんでしょ？」

予想だにしていなかった返答に息を呑《の》む。

第二王子が第一王子に悪感情を抱いているという状況を目の当たりにして、血の気が引いていくのがわかった。

震えそうになる唇をゆっくりと動かして、なんとか声を絞り出す。

「それは一体――」

「社交界での第一王子の評判だよ。お父様が教えてくれた」

平和主義の父が、自らそんなことを話すはずがない。

恐らくアデル自身が尋ねたのだろう。

社交界に広がっているというその噂は、恐らく第一王子の評判を貶《おとし》めたい王妃側が流したものだ。

小説の中では主人公である第一王子を中心に描かれていたせいで気付かなかったが、本人不在の間に評判を貶めるなんて卑怯《ひきょう》な真似《まね》を目の当たりにして、つい唇を噛んでしまう。

第一王子の良からぬ噂がアデルの耳に入ってしまったことに焦りつつも、とにかく二人の間に軋轢《あつれき》が生まれることだけは避けようと頭を働かせた。

「……ライアス殿下が隣国に留学したのは事実でも、その理由まではわからないでしょう？　そんな状態で卑怯者だなんて呼ぶのは失礼だわ」

「ほら、そうやって第一王子の肩を持つ」

そう口にしたアデルは、その手で金色の髪を掻き上げた。

「クレアが絶対に第一王子を悪く言わないのは、なんで？」

向けられた冷ややかな眼差しに、背中にじっとりと嫌な汗をかく。

彼が主人公である物語を読んでいたからとは口が裂けても言い出せない。

何と答えればいいのかと黙り込めば、それをどう思ったのか、彼は深い溜め息を吐くと、明後日の方向に視線を向けた。

「……これまでだって何かにつけて第一王子のこと話題に出してたし、最近は隣国の話ばっかりでしょ？　普通に聞いてて、第一王子が好きだから隣国に追いかけたいのかなって思うよ」

「へっ？」

思いもよらない指摘に、ただただ目を丸くする。

「まさかそんな――」

否定の言葉を口にしながら、不機嫌を隠そうともしないアデルを見て、ハッと我に返った。

苛立《いらだ》つような声音に、拗《す》ねたような態度。

不機嫌を隠そうともしない彼の様子を前に、もしかしてと思い至る。

――もしかして、嫉妬？

その可能性に驚きながらも、こちらを見つめる相手に首を傾げてみせれば、彼は冷ややかな眼差しを向けると呆れまじりの大きな溜め息を吐いた。

その心底めんどくさそうな態度に、肩透かしを食らった心地で小さく肩を竦める。

——そんなはずないか。

前世で読んだ恋愛小説の影響か、つい恋愛感情に結び付けてしまったが、よく考えてみれば彼はまだ十一歳。

恋愛感情と判断するには、あまりに幼すぎる年齢だ。

それにそういった感情がなくとも、自分の一番近しい相手が他人に夢中になっていたら面白くはないだろう。

ましてや相手が第一王子なのだから、原作の主人公とラスボスとして、もしかしたら彼等《ら》は対立しやすい関係性にあるのかもしれない。

そう考えると、おかしな誤解を生まないためにも、ここははっきりと否定しておいたほうがいいだろうと気を取り直す。

「アデル」

「なに？」

不機嫌そうな声を漏らすアデルに、にこりと微笑みかけた。

「先に訂正しておくけれど、私がライアス殿下を慕っているってことは絶対にないわ」

「……絶対なんて、なんで言い切れるの？」

訝しげに眉を顰める彼に、私は大きく頷いて自信を覗かせる。

「絶対と言い切って問題ないわ。私はそもそもライアス殿下に直接お会いしたことがないし、もし万が一機会があったとしても、権力闘争の多い王族の中でやっていける自信がないもの。王族の婚約者だなんて、私には務まらないわ」

「……王族だって臣籍降下すれば、ただの一貴族じゃん」

「ライアス殿下は王位継承第一位だからまず臣籍降下しないでしょう？」

それはそうだけど、と口籠もったアデルは唇を尖《とが》らせると、窺《うかが》うようにこちらを見上げた。

「第一王子に、恋心はないってこと？」

不安げなその表情に、くすりと笑みを溢す。

「そう言ったでしょう？　それに、そもそも貴族同士の結婚は家柄や政治的にちょうどいい相手とするのが一番だと思っているもの。下級貴族である子爵家に生まれた私が、上級貴族の頂点である王家に嫁ぐのは分不相応だわ」

にこりと微笑みかければ、アデルはなぜかその顔を強張《こわば》らせた。

私の言葉に少々落ち込んだ様子に見えた彼に、伸ばしたくなる手をぐっと堪える。

やっぱり何かしらの独占欲を感じていてくれていたのだろうかと、にやけそうになる口元を引き結んだ。

そもそも彼が私に懐いているのは、王城を出て一番初めに優しくした相手だったからで、卵から孵《かえ》ったばかりの雛《ひな》が、初めて見たものを親と認識する刷り込みでしかない。

アデルには、これから無限の可能性がある。

そのために隣国へ留学するのだから、幼心に生まれた気の迷いとも知れない淡い気持ちに縛られて、未来の可能性を失わせたくはなかった。

「アビーにはこれから沢山の出会いがあると思うの。それはいいものばかりではなく、嫌な思いをすることもあるかもしれないわ。けれど、視野を狭めてほしくないと思ってる。それに、今みたいに姿かたちを偽る生活は、いつまでも続けられないでしょう?」

「……僕は、今が一番幸せだよ」

「ふふ、そう言ってもらえると嬉しいわ」

拗ねるように視線を逸らした彼に、つい笑みが零れた。

一度王城で追いつめられた彼にとって、ようやく得られた安心できる環境から出ていくのは、怖いことだろうとは思う。

しかし、今ここにあるのは仮初《かりそ》めの平和だ。

彼が身分を偽らず、姿を変えずに堂々と暮らせるようになるためには、解決しなければならない課題がいくつもあった。

その最たる課題である王妃の断罪は、七年後に帰国するはずの第一王子が成し遂げてくれるはずだ。

それを知っている私ができることは、この国に内戦を引き起こす原因のアベル・ディアロスの境遇を改善し、内戦を起こす理由を無くすこと。

そのために、彼の背中を押すことだった。

「アビーはこれから背だって伸びるでしょうし、成人までずっとドレスを着て過ごすのは難しくなると思うわ。だから、本当のアビーの姿を見られても困らない場所はないかって考えたの」

そこまで口にして、改めて息を吸う。

この国に内戦を起こさないため、アベル・ディアロスに復讐心《ふくしゅうしん》を抱かせず、兄弟のすれ違いを生まないための提案。

正直これが正解なのかはわからないが、やってみなくては何も始まらない。

勇気を絞り出すように、両手に拳を握った。

「アビー、隣国に行ってみるのはどう？」

私の言葉に、アデルは大きく目を見開いた。

「僕が、隣国に？」

「ええ、アビーは子爵家嫡男だもの。隣国に留学してもおかしくないでしょう？」

爵位を継ぐ嫡男が他国や他家で見聞を広めることは、我が国ではよくある風習だ。

もし彼が突然隣国に留学することになったとしても、子爵家としては少々見栄《みえ》を張ったと思われる程度で何も不自然なことではない。

「隣国に、留学……？」

何を言われたのか理解できない様子で呆然と目を瞬いていた彼は、ゆっくりと顔を俯けると何かを考え込むようにぶつぶつと呟き始めた。

耳を傾けてみるもののうまく聞き取れず、顔を寄せようとした次の瞬間、アデルは勢いよく顔を上げる。

その勢いに肩を跳ねさせた私を見て、彼は心底不思議そうに首を傾げた。

「もしかしてクレアは、僕にそれを言いたくてずっと隣国の話をしてたの？」

信じられないものを見るような視線を向けられ、たじろぎながら頬を掻く。

「え、ええ。まあ」

どうしてそんなに真剣な目で見つめられるのかと思いつつも、目を逸らしながら口にした私の返答に、アデルは深い溜め息を吐いた。

「はぁ、それなら直接言ってくれればいいじゃん。なんで、こんなまどろっこしいことしたの」

呆《あき》れ返《かえ》るようなその声に、つい身体が強張ってしまう。

「え、あ……その、ずっと考えてはいたんだけど、再会したばかりの弟に留学を提案するなんて、邸から追い出そうとする意地悪な姉みたいだなって」

「は？　なにそれ、僕がクレアにそんなこと思うわけないじゃん」

食って掛かるようなその声に、身を縮こまらせることしかできない。

「ご、ごめんなさい？」

「謝らなくていいよ。……クレアが僕のことを考えてくれてたのは、普通に嬉しいから」

照れくさそうにそう呟いた彼は、ふいっと視線を逸らした。

なんだか想定外の反応に戸惑いつつも、「嬉しい」と口にしてくれたアデルを、つい微笑ましく眺めてしまう。

「ふふ。大切な弟のことなんだから、考えないわけないじゃない」

「弟、ね」

肩を竦めたアデルが、ちらりとこちらに視線を向けた。

内戦を起こさせないためには、王妃の魔の手から彼を逃れさせるしかない。

そんな意図があっての隣国留学の提案だったが、この半年の間にすっかり逞《たくま》しくなった彼の姿を見ていれば、そういった作戦ごとについては本人に任せたほうがいいような気もしていた。

しかし、そうはいっても前世の記憶を話すわけにいかないので、どうしたものかと悶々《もんもん》としていれば、不意に小さな咳払《せきばら》いが響く。

「……行こうかな、隣国」

ぽつりと聞こえたその声に、ぱっと顔を上げた。

「本当⁉」

「なんで嬉しそうなの」

「そりゃあ嬉しいわよ。隣国に行けば、アデルも身を隠さなくてもいいんでしょう？　喜ぶに決まってるじゃない！」

アデル自身は王妃の脅威から逃れられるし、内戦回避の可能性は高くなる。

良いこと尽《ず》くめの展開に舞い上がる私を前に、彼は面食らったように目を丸くすると、小さく肩を落とした。

「……寂しくないの？」

その小さな声が、静かな部屋にぽつりと響く。

「留学ってすぐに帰ってこれるようなものじゃないでしょ？　僕がいなくなっても、クレアは寂しくならないの？」

縋《すが》るように言葉を連ねた彼は、じっとこちらを見上げる。

まるで捨てられた子猫のようなその姿に、抱きしめたい衝動をぐっとこらえた。

ここで寂しさを見せてしまえば、彼の決断が揺らいでしまうかもしれない。

アデルの背中を押すためにと、にっこり微笑んで彼の手を取る。

「寂しくないって言ったら嘘になるわ。だってこの半年間、毎日一緒に過ごした家族がいなくなっちゃうんだもの」

そう口にしながら、「でもね」と言葉を続ける。

「それがアビーのためになるんだったら、私は喜んで貴方の背中を押すつもりよ」

そう言いながら微笑みかければ、アデルは浮かべた笑顔をくしゃりと歪めた。

「お人よし」

「アビーに言われたくないわ」

お互いに憎まれ口を叩くと微笑み合う。

ドレスの裾を払いながらソファから立ち上がった彼は、ゆっくりと私の前に立った。

「僕のこと絶対忘れないって約束して」

「約束しなくても忘れないわよ」

小指を差し出され、答えるように己の小指と絡ませる。

「手紙を送ったら、すぐに返事ちょうだい」

「もちろん書くわ。私のこともお父様お母様のことも邸の皆のこともいっぱい書いてあげる」

「……便箋、無駄にしない程度にしといてよね」

悪態をついた彼は、堪えきれない様子でふっと笑い交じりの吐息を漏らした。

過ぎてみればあっという間の半年間だったが、初めは私の側を離れなかった彼が、自分の意思で隣国へと留学しようとしている姿に胸が熱くなってくる。

内戦に巻き込まれたくない一心で行動を始めたはずなのに、私はいつからかアデルの幸せを一番に願うようになっていた。

彼の旅立ちを実感すると、一緒に過ごせた時間が、まるで宝物のように感じられる。

「……帰ってきた僕が、もうドレスが似合わなくなってても『アビー』って呼んでくれる?」

「ふふ、もちろんよ。『アビー』は『アビー』だもの」

そう口にした私は、彼の頬に親愛の口付けを送った。

その挨拶にアビーは目を細めると、同様の口付けを返してくれる。

「一人前になったら、また帰ってくるから」

「ふふ、それなら私も一人前のレディになって待っているわ」

見つめ合った私達は冗談交じりの会話を交わしながら、お互いに額を合わせた。

そのとき交わした約束が、思いもよらない事件を引き起こすなんて、このときの私は露ほども想像していなかった。

第二章　変化と成長

晴れ渡った青空に祝砲が響き渡る。

城下の町には歓声が上がり、人々は飲めや歌えやのお祭り騒ぎで大いに盛り上がっていた。

どこからか聞こえてくる楽しげな音楽に、広場では手を取り合って踊り出す男女の姿が見える。

賑《にぎ》やかな城下町の様子が見える街道に止めた馬車の中から、私は一人、呆然とその様子を眺めていた。

――どういうことなの……？

心の内でぽつりと漏らしている間にも、町中からは慶事を祝う声が響いてくる。

「ライアス国王陛下万歳！」

「新国王陛下の誕生に祝杯だ！」

「国王陛下に幸あれ！」

ジョッキをぶつけ合う人々から上がった声に、ただただ目を丸くすることしかできない。

王家からの通達が、国内全ての貴族に届いたのは先日のこと。

父宛に届いた封書の内容を聞かされたのは、今朝になってだった。

『新国王即位』

父から聞いたその一言に、居ても立っても居られなくなった私は、急ぎ馬車を出してもらって城下町の様子を見に来ていた。

今朝話を聞いたばかりのときは半信半疑だったが、離れた街道までも伝わってくる城下町の祝賀ムードを見れば認めざるを得ない。

「一体、どうなっているの？」

混乱する頭を落ち着かせるように額に手を当てながら、これまでの情報を一つ一つ整理しはじめる。

第一王子が帰国したのは、つい先月のこと。

原作では二十歳で帰国するはずだったライアス殿下が、なぜか一年早く十九歳で帰国した。

原作との乖離《かいり》に驚いたのも束《つか》の間《ま》、帰国した彼は、その日のうちに兵を率いて城に向かい、王妃を捕えてその罪を暴くと、彼女を投獄したらしい。

予想外の出来事に動揺した私は、何より先にと、慌ててアデルへ手紙を送った。

『ディアロスの英雄』で内戦が勃発したのは王妃の断罪直後であり、原作通りならアデルの身にも何らかの変化があった可能性が高い。

そう思っての行動だったが、数週間経って返ってきた手紙に記されていたのは、普段通り元気であることと帰国にはもう少しかかりそうだという内容だった。

何ら変化のなさそうなアデルの様子に困惑しつつ、一体何が起こっているのかと落ち着かない日々を過ごしている内に、各貴族家に届いたのが先程の新国王即位の通達だった。

戴冠式は国政が落ち着いてから改めて執り行うとされていたが、第一王子が帰国して約一か月、異例の政変に社交界は揺れていたし、私の頭の中も大混乱だった。

——どうしていきなり主人公が即位してるのよ⁉

心の内で叫び声を上げながら、ガシガシと頭を掻く。

長年王城を牛耳っていた王妃を断罪したのだから、誰かが王城を取り仕切らなくてはならないのは理解できる。

これまで王妃に好き勝手させていた現国王では統治能力に不安が残ることから、王妃の罪を暴いたライアス殿下がその座に立つことは自然の流れではあるのだろう。

——理解はできる。理解はできるんだけど……。

ぎゅっと寄った眉間を指で押さえながら、ふうと息を吐く。

気持ちを落ち着けるように深呼吸を繰り返すと、背もたれに身を預けて天を見上げた。

「だからって、展開が早すぎるのよ」

そもそも『ディアロスの英雄』は、主人公ライアスの成長と即位までを見届ける物語だった。

主人公である第一王子ライアスは、自身の命を狙う王妃から逃れて隣国へ渡り、八年の時を経て成長した彼は憎き王妃の排除に成功する。

しかし、突如として勃発した内戦によって国内は混乱するものの、無事事態を収めた主人公は、国を守った英雄として新国王として即位するというのが一連のストーリーだ。

つまり、第一王子が国王として即位した時点で、この世界は結末を迎えたも同然だった。

——いや、とても良いことよ。良いことなんだけど……。

悪事を働いていた王妃一派が一掃され、内戦もなく主人公が即位するなんて、なんとも平和的解決だ。

願ったり叶《かな》ったりだと思いつつも、うまく呑《の》み込めないのは、気持ちが追いついていないからなのだろう。

ストーリーが変わったと思ったら、あっという間にエンディングを迎えていたという展開に、前世の読者としては完全に置いてけぼりを食らった気分だ。

アデルという首謀者不在で内戦が起こるはずもなく、人々は血を流すことなく、主人公は晴れて国王に即位。

そんな今の状況を前にして、つい肩を竦める。

この国が『ディアロスの英雄』とは違う道を進み始めたことを実感しながら、なんだか肩透かしを食らった気分で馬車の窓枠に頬杖《ほおづえ》をついた。

「……アデルを留学させた影響なのかしら」

自分の考えうる唯一の可能性を呟いてみるが、アデルと第一王子の関係性がわからない以上、想像の域を出ない。

ただ一つ間違いないことは、この国が内戦に巻き込まれることなく、無事ハッピーエンドを迎えたということだった。

――きっと、これでよかったのよね。

物語を変えてしまったことに僅かな罪悪感を覚えながらも、本来のシナリオ通り内戦が起こっていれば、多くの命が失われていたのだからと自分に言い聞かせる。

これまで届いている手紙を見る限り、アデルがこの国を憎んでいる様子はない。

もう彼が内戦を起こす理由もないだろう。

――私の役目は、きっとここで終わったんだわ。

どこか満たされた気持ちで、静かに瞼《まぶた》を伏せる。

『ディアロスの英雄』という物語からかけ離れてしまった世界を前に、もう前世の記憶は何の役にも立たないだろう。

もしかしたら、ディアロス兄弟の悲劇的な運命を哀れんだ神様が、私をこの世界に派遣したのかもしれない。

そんなありもしない妄想にふっと頬を緩ませながら、窓の外を覗く。

人々は笑い合い、口々に新国王を讃《たた》え合っている。

そんな平和な光景を眺めて、つい顔が緩んでしまった。

「お嬢様、そろそろよろしいですか？」

「あっごめんなさい」

前方からかけられた馭者《ぎょしゃ》の声に、慌てて手を上げて合図を出した。

政変が起こったばかりの城下町には長居しないようにと、父から言われていたことを思い出す。

ゆっくりと動き出した馬車の窓からは、喜びに沸く人々の姿が見える。

この国の未来がどうなるかはもう予想もつかないが、私の前世の記憶は、確かにこの国を戦禍から守ったのだろう。

そんな自己満足を抱きながら、窓越しに流れていく人々の姿に目を細める。

悪役だった王妃は断罪され、内戦は起こらずに済んだ。

この国は、無事にハッピーエンドを迎えたのだ。

馬車に揺られながら、目の前を横切っていく平和な光景につい口元が緩んでしまう。

「せっかく平和になったんだから、令嬢らしく婚活でも頑張ろうかしら」

そんなことを呟きながら大きく背伸びをすると、晴れやかな気持ちで空を見上げるのだった。

＊・＊・＊

輝くシャンデリアに照らされた会場には、楽団の奏でる音楽が響いている。

国内でも有数の高位貴族であるアスコット侯爵家主催の夜会には、私を含む年頃の貴族令嬢が多く招かれていた。

「クレア、こっちよ」

その声に振り向けば、見知った姿が目に映る。

豊かな黒髪に、胸の膨らみを強調した濃紺のドレスに身を包んだ彼女は、優雅な微笑みを浮かべてこちらに手を振っていた。

「セレーナ、早かったのね」

「もちろんよ。今夜はアスコット侯爵家御嫡男《ごちゃくなん》の成人祝いパーティーですもの。あわよくば目を留めてもらえるよう彼の瞳の色のドレスにしたのよ」

鼻息荒く壇上を見つめるセレーナは、どんと胸元を叩いてみせる。

彼女とは十六歳のデビュタントの夜会で出会って以来の付き合いで、もう三年近くになるだろうか。

お互いに婚約者のいない者同士、こういった出会いの場でよく顔を合わせていた。

「セレーナの積極性、見習いたいわ」

「存分に見習いなさい。夜会は狩場よ！　クレアも焦るべきだわ」

「あ、あはは」

指先で額を弾かれ乾いた笑いを漏らした私に、セレーナは冷ややかな視線を向ける。

「十九歳の貴族令嬢で婚約者もいないなんて立派な行き遅れなんだから、ちゃんと焦りなさいよ？そもそも今日のドレスだって控えめ過ぎるし、もっと肌を露出すべきだわ！　お茶会じゃなくて夜会なのよ⁉」

「お、おっしゃる通りです」

相手の勢いに、思わず頭を下げる。

その拍子に視界に映ったのは、ふんわりとしたシルエットの薄紅色のドレスだった。

襟までは付いていないものの、レースで首筋から肩口までを覆われているため、確かに露出は控えめだとは思う。

かといって彼女の意見にすぐに首を縦に振れないのは、このドレスがアデルから贈られたものだからだった。

アデルからドレスが届くようになったのは、私がデビュタントを迎える少し前だった。

デビュタントのひと月前に、真っ白な美しいドレスが届いた日のことは、今でも鮮明に覚えている。

華やかなデザインに繊細なレースが施されたドレスの側には、「親愛なるクレアへ」とアデルからのメッセージカードが添えられており、お祝いの言葉と一緒に書かれていた「一生に一度のデビュタント、エスコートできないお詫《わ》びにドレスを贈ります」というメッセージを目にしたときは、つい苦笑いを溢してしまった。

デビュタントのパートナーは、基本婚約者が務める習わしだが、婚約者がいない場合は家族が務めることになっている。

アデルとの手紙のやり取りの中では、自分の婚活事情には触れていなかったはずなのに、当たり前のように婚約者がいないことを見透かされていることに、乾いた笑いを溢すことしかできなかった。

あれから三年、十九歳になった今でも、アデルからのドレスは定期的に届いていた。

見惚《みほ》れるような華やかなデザインのドレスたちは、どう見ても高級品であり、さすがに無理をしているのではないかと尋ねてみたが、伝手《つて》があるから問題ないとのことで定期的な贈り物が止まることはなかった。

体面上、一子爵家嫡男でしかないアデルに一体どんな伝手がと思いながらも、彼が言うならそうなのだろうと、なぜかすんなり納得してしまう。

――アデルなら、できちゃいそうなのよね。

原作では誰も味方がいない劣悪な環境下でも内戦を起こしていたし、現実だって幼少期から、ありとあらゆることをこなしてみせる多才ぶりだった。

そんな彼がひとたび自由の身となれば、できないことはないのではないかという気さえしてくる。

ただ一つ問題なのは……と、ちらりと会場の硝子戸《ガラスど》に視線を向けて、そこに映る自身の姿を確認した。

可愛らしい素晴らしいドレスには間違いないのだが、夜会用としては肌の露出が極端に少ない。

このドレスだけでなく、アデルから贈られてくるもののほとんどが、肌の露出を抑えたものばかりだった。

昔のように邸に引きこもっていた頃の私であれば何の問題もなかったのだが、婚活として夜会に頻繁に参加するようになり、私自身も十九歳となった今、そろそろ露出の高いものを選んでいかなくてはならないことをひしひしと感じている。

一度自分で新しいものを仕立てるため、アデルにやんわりと断りをいれてみたものの、なんだかんだと理由を付けて押し切られ、状況が変わることはなかった。

――アデルも随分と義理堅いのよね。

当時のやり取りを思い出して、ふっと口端を緩ませる。

ドレスが届くときは、決まって感謝を示したメッセージが添えられていた。

部屋に籠もっていた彼を連れ出したこと、庭園を一緒に回ったこと、一緒にお菓子作りをしたことなど、共に過ごした半年間の出来事を一つ一つ書き出しながらお礼の言葉で締めくくられるカードは、もう何十枚になっているだろうか。

それらを目にするたびに、自分の行動がアデルにとって、ある種の救いになっていたことを誇らしく感じつつ、同時に彼の感謝が込められたドレスを着ないという選択はできなかった。

ちらりと周りを見渡してみると、同じ年代の令嬢たちは、やはり肩口や胸元が大きく開いているドレスに身を包んでいる。

彼女たちの揃って豊かな胸部と引き締まった腰回りを見て、自身の身体に視線を戻すと、どうしてもその違いに溜息が漏れてしまった。

――腰のくびれはともかく、胸の質量ばかりはどうにもならないわ。

十九歳になっても細《ささ》やかな膨らみしかない自分の胸部には、今現在でさえ少々の詰め物が施されている。

これがあの露出多めの衣装になった場合、どれくらい補強しなければならないのかと想像しただけで頭が痛くなりそうだった。

「まったく、クレアも少しは危機感持ちなさいよ？　貴族令嬢は結婚相手に人生がかかっているんだから」

すぐ側から聞こえたセレーナの声に、現実に引き戻される。

「令嬢が美しく着飾るのは、社交界が戦いの場だからよ。油断すれば、すぐに獲物をかっ攫《さら》われてしまうわ」

「き、肝に銘じます」

彼女の勢いについ後退《あとずさ》ってしまった私を見て、彼女は呆れた様子で盛大な溜め息を溢した。

「クレアといいお兄様といい、どうしてこう悠長にしていられるのかしら」

「お兄様？」

聞きなれない単語に首を傾げれば、セレーナはあからさまにその顔を顰める。

「ええ、おりますのよ。不肖の兄が」

不服そうに肩を竦めた彼女は、うっとおしそうに肩にかかった黒髪を払った。

「クレアも、うちの兄のような男を選んではだめよ。今年二十二歳になる伯爵家嫡男だっていうのに、あっちにフラフラこっちにフラフラ……何を言っても、どこ吹く風でのらりくらりと逃げ回っているのよ。ああいう男を押し付けられないためにも、私は絶対に素敵な結婚相手を見つけてみせるわ」

並々ならぬセレーナの意気込みに、こくこくと頷くことしかできない。

「クレアも気を引き締めて頑張りなさい。王都の民達みたいに腑抜《ふぬ》けている暇はないのよ」

「あ、あはは」

燃え上がるようなセレーナの気合いを前に、笑って誤魔化していれば、ちょうど本日の主役が壇上に登場した。

彼女の視線が壇上に移ったことで、人知れずホッと胸を撫《な》で下ろす。

拍手が沸き起こり、周囲に合わせて手を叩きながらも、私は一人ぼんやりと先程のセレーナの言葉を反芻《はんすう》していた。

彼女は王都の民達が腑《ふ》抜けていると口にしたが、確かに城下町の人々は平和な日常に浮足立っているのだと思う。

ライアス陛下が新国王として即位してから、約一年。

これまで食料や生活品ばかりだった城下町の露店には、徐々に生活雑貨や宝飾品などの嗜好品《しこうひん》が並ぶようになった。

町の一角に憩いの場として設置された大きな広場では、毎月のように新国王陛下を讃えるお祭りが開かれているという。

この一年の間、国内には大きな問題は起こっておらず、もちろん内戦の気配はない。

城下の人々は、長年傍若無人に振る舞っていた王妃一派を排除してくれた新国王を、諸手《もろて》を挙げて歓迎し、受け入れていた。

――本当に、未来が変わったのね。

新国王の即位から一年、徐々に活気づいていく城下町の様子を思い浮かべて、改めて平和を実感していると、不意に周囲に拍手が沸き起こった。

顔を上げれば、挨拶を終えたらしいアスコット侯爵家嫡男の姿が見える。

彼が片手を上げたのを合図に、明るい会場は再び楽団の奏でる音楽に包まれ、給仕は飲み物や軽食を準備し始めた。

色とりどりのドレスに身を包んだご令嬢や上質な音楽、会場に施された煌びやかな装飾は、正に平和で豊かな国を象徴するものだった。

階段を降りてくるアスコット侯爵家嫡男に拍手を送りながら、気合いを入れ直す。

前世の記憶を思い出して以降、内戦ばかりに気を取られていた私は、あっという間に十八歳になった。

主人公ライアスの即位を前にして、一度は婚活を決意したものの、今も尚、縁談の一つにもありつけていない状況だ。

先日十九歳となり立派な行き遅れとなった私は、待っているだけでは出会いにありつけない現実を、身をもって実感していた。

――今日こそは、素敵な男性を見つけてみせるわ！

ドレスの裾をぐっと掴んで一歩を踏み出す。

覚悟を決めた私は気合いを入れ直すと、令嬢たちの戦いの場に身を投じたのだった。

＊・＊・＊

「はぁ……」

ぐったりと背面に寄りかかって天を仰ぎながら、盛大な溜め息を溢す。

馬車に揺られてしばらく経ち、周囲の外灯も随分減ってきた辺りで、ようやくゆっくりと身体を起こした。

窓に映った自分の疲れきった顔を見て、思わず両手で覆ってしまう。

――今日も惨敗だったわ。

一念発起して本格的に婚約者探しに挑もうとしたまではいいものの、令嬢方の波に揉《も》まれて弾かれ押しのけられて、本日の主役であるアスコット侯爵家の御嫡男には全く近寄ることもできなかった。

それでも一部の参加者と言葉を交わすことができ、来週開かれる別の夜会の招待をもらえたことは、僅かだが今日の成果と言っていいだろう。

次こそはなんとしてでも縁談をもらえるような出会いを見つけなくてはと思うものの、一体どう行動したものかと途方に暮れてしまう。

本の虫だった前世の知識は役に立たないし、現世だって内戦回避にばかり気を取られていたこともあって男女の駆け引きなんてさっぱりだ。

――先が思いやられるわ。

先行き不安な状況に一人馬車の中で頭を抱えていれば、カタンという振動と共に馬車が止まる。

窓の外を見やれば見慣れた景色が映っており、どうやら気付かぬうちに自邸に着いていたらしかった。

両親になんと報告したものかと憂鬱な気持ちを抱えながら、コンコンと響くノック音に返事をする。

開かれた扉の向こうに立つ護衛の手を取ろうとして、ふと違和感に気付いた。

こちらに手を差し伸べている相手の服装が、護衛騎士の制服ではなく、先程の夜会会場で見かけた貴族服のように見える。

いつもの護衛騎士ではないのかと疑問に思いながら顔を上げれば、そこには見知らぬ青年の姿があった。

金色の癖毛に、整った顔立ち。

切れ長の薄青色の瞳を細めて微笑むその姿に、妙な既視感を覚える。

――どこかで見たことがあるような……。

最近ではなく、かなり前。

おぼろげな記憶になっていた、とある小説の挿絵で、薄汚れた布を纏っていた人物――その面影に辿りついた瞬間、大きく目を見開いた。

「アデル⁉」

私の声に、青年は嬉しそうに破顔する。

「はは、正解」

そう口にした彼は、差し出しかけていた手をぐいっと引っ張る。

バランスを崩して倒れ込んだ瞬間、ふわりと身体が浮くような感覚を覚えれば、目の前にはアデルの顔があった。

「久しぶり、クレア」

「な、どうし――えっ⁉」

アデルに軽々と抱き上げられている状況に、理解が追いつかない。

「そのドレス、着てくれたんだ。とてもよく似合ってるよ」

驚きにぱくぱくと口を動かすことしかできない私に、アデルは楽しげにその目を細めた。

「クレアを驚かせたくて、少し早めに帰ってきたんだ」

こちらを間近に見つめながらそう口にする彼は、私を抱きかかえたままくるくると回ってみせる。

ぐっと背が伸びて大人っぽくなっていたその姿は、七年前とは似ても似つかないものの、くしゃりと目を細めて微笑むその笑顔には確かに面影があった。

「……本当に、アビーなの？」

私よりもドレスが似合う美少女だった『アビー』が、今現在、軽々と私を抱き上げているという事実をなかなかうまく呑み込めない。

「あはは、信じられない？」

声も随分と低くなっており、憎まれ口を叩いていた頃のアデルとは全く違って思えた。

「だ、だってアビーは私よりも小さくて――」

「あれから七年も経ってるんだし、僕だって成長するよ」

そう言いながらゆっくりと私を下ろした彼は、こちらに目線を合わせるように上体を屈めると、にこりと微笑んだ。

「ほら、身長だってこんなに伸びたでしょ？」

「え、ええ」

上体を起こしたアデルは、私より頭一つ分大きいくらいで、そんな彼と向かい合うだけで自然と顎が上がってしまう。

「クレアは、綺麗になったね」

「へ――」

眩《まぶ》しそうに目を細めながら告げられた言葉に、一瞬目を瞬いた直後、ぼっと身体中《からだじゅう》が熱くなる。

「な、なななな」

「あはは、真っ赤。それじゃあ、行こうか」

そう口にした彼は、私の手を取ると邸のほうへと進み始めた。

「え、行くってどこに？」

「どこって、クレアの部屋に決まってるでしょ」

「私の部屋？」

戸惑う私を見て、アデルは不思議そうに首を傾げる。

そんな態度を取られても、急に隣国から帰ってきただけでも驚きなのに、その弟が別人のようになっていたら動揺もするだろう。

混乱する頭を横に振って、気持ちを落ち着ける。

「あの、状況がよくわからないんだけど？」

「状況？」

私の質問を復唱したアデルは、視線を空に向けると、記憶を辿るようにぽつぽつと呟き始めた。

「こっちに着いたのは数時間前で、さっきまで父上と大事な話をしてたところかな」

「お父様と？」

「そう。あらかた話がついた頃にクレアが戻ってきたって聞いたから、驚くかなって思って迎えに出たんだ」

「……この上なく驚いたわよ」

私の返答に、彼は楽しげな笑い声を上げる。

「はは、これからもっと驚くような話をする予定なんだけど」

「驚くような話？」

「手紙にも書いたでしょ？　『再会できたら、伝えたいことがある』って」

その言葉に、以前もらった手紙の内容が思い浮かぶ。

アデルからの手紙には、基本的に元気であることくらいしか書かれていなかったが、定期的に『帰国したら伝えたいことがある』と書き添えられていた。

当時は、それがまるで前世でいう『死亡フラグ』のように思えて、一抹の不安と共に苦笑を漏らしていたのだが、こうして無事再会できたことにふっと頬が緩む。

「ふふ、そうだったわね」

成長した彼の姿はまだ見慣れないものの、とりあえず今は無事に帰ってきたことを喜ぶべきだろう。

――アデルはきっと、本当の身分を明かすつもりなのね。

父の元に向かったという彼は、本当の身分を明かす許可をもらいに行ったに違いない。

王妃という脅威が去った今、彼はようやく第二王子として本来の人生を歩む自由を手にすることができるのだから。

「大事な話だから、できれば二人きりになれるクレアの部屋に行きたいんだけど」

「もちろんよ。アデルの話を聞かせてほしいわ」

どこか遠慮がちな彼の問いかけに笑顔で応えれば、繋《つな》いでいた手をぎゅっと強く握られた。

アデルに手を引かれるまま、両親のもとに帰邸の報告を済ませに行くと、そのまま真っ直ぐ私の部屋へと向かう。

お茶を用意してくれた侍女が部屋を出れば、静かな室内には私とアデルだけになった。

長椅子に向かい合わせに座っていたアデルは、なんだか落ち着かない様子で畏《かしこ》まったまま小さな咳払いを響かせる。

「……なんか、緊張する」

どこか心細げな言い方が、まるで昔に戻ったように感じられて、つい笑みが零れてしまう。

「ふふ。アデルが言い出したことなのに今更だわ」

「そうなんだけど……」

「アデルが私に伝えたかったこと、聞かせてくれる？」

そう口にして微笑みかければ、アデルは驚いたように目を丸くすると、困ったような笑みを浮かべた。

「そう、だね」

小さく呟いた彼は、何かを決意するように大きく息を吐くと姿勢を正す。

彼の真剣な様子を感じ取り、手にしていたカップを机に置いて次の言葉を待った。

前世の記憶で真実を知っているとはいえ、実際に彼の口から正体を明かされると思うと、ごくりと喉が鳴る。

静かになった部屋の中で、向かいに座る彼がゆっくりとその口を開いた。

「今まで騙《だま》していてごめん。僕、実はずっとクレアに嘘を吐いてた」

そう口にしながら、申し訳なさそうに顔を俯ける彼に、私はなるべく笑顔を心がけながら明るく言葉を返す。

「どんな嘘を吐いていたの？」

私の問いかけに、彼は真実を告げることを躊躇《ちゅうちょ》するように、その口を小さく開閉させると、ぐっと唇を噛んだ。

しばらく経って、覚悟を決めたようにこちらに視線を向ける。

「……僕、本当はクレアの弟じゃないんだ」

予想通りの告白に、ゆっくりと頷いてみせた。

「それじゃあ、アデルは一体誰なの？」

私の質問に、彼は身体を強張らせると、僅かに視線を俯けてその唇を開く。

「僕の本当の名前は――アベル・ディアロス。この国の第二王子なんだ」

アデルの告白は、静寂の中に大きく響き渡る。

――やっぱり、そうよね。

前世の記憶から確信はしていたものの、七年越しに告げられた事実に深く頷き返す。

原作小説では復讐のために内戦を起こし、反乱軍の首謀者として実の兄に殺されていたアベル・ディアロス。

姿かたちを偽って弟として現れた彼を、アベル・ディアロスだと見抜けたことは、この世界に転生した私の最大の功績だったと思う。

ストーリーが変わってしまった今、私にできることはもう何もないが、今こうして目の前に彼が生きて座っていることが、自分の成し得た一つの奇跡のようで誇らしかった。

「……驚かないの？」

探るようなその声に、ハッと我に返る。

向かいに座るアデルは、じっとこちらの反応を窺っていたらしい。

「も、もちろん驚いたわよ？」

慌てて答えると、にこやかな笑みを作った。

彼の正体について大げさに反応しても、ぼろが出てしまうだけだろうと思っていたので、この七年間いつか来るはずの彼の告白に対して考えていた回答を口にする。

「驚きはしたけど、アデルが別人になるわけではないでしょう？　アデルはアデルだし、私の大切な家族だわ」

弟でなくとも、一人の家族として関係が変わることはない。

そう伝えたつもりだったのだが、私の返答を耳にしたアデルは目を丸くした次の瞬間、どこか気落ちしたようにその肩を落とした。

その反応に驚いて、慌てて言葉を続ける。

「あっでも、今のはその、ただの私の気持ちであって……ええと、別に今のままの関係を押し付ける気持ちはないのよ？　本来の身分を教えてもらったんだからちゃんと弁《わきま》え――じゃなくて、態度を改

めて、これからは失礼のないように――」

「やめてよ。そんな他人行儀な態度なんて」

私の言葉を遮《さえぎ》るように声を上げた彼は、半ば睨《にら》むようにこちらを見つめる。

「え、ええと、そうは言っても王族の方だと知ったなら最低限の礼節は――」

「やめて。クレアにそんな態度を取られるなら死んだほうがまし」

強い言葉に目を見開けば、彼は気まずそうに視線を逸らした。

「ごめん。クレアに距離を取ってほしくて、こんな話をしたわけじゃないんだ」

まるで落ち込むように項垂《うなだ》れた彼は、ぽつりぽつりと身の上を語り始める。

「……僕は、自分の命を狙っていた元王妃から身を隠すために、マディス子爵家に預けられたんだ。クレアの本当の弟は生後すぐに亡くなっていて、当時まだ生きていた母が、僕の身を案じてマディス子爵に戸籍の保持をお願いしていたから、こうして成り代わることができた」

そう口にした彼は、深々と頭を下げる。

「クレアの弟のふりをしていたこと、本当にごめん」

アデルの言葉に、思わず目を瞬いた。

正直、両親から実際に弟がいたことも亡くなっていたことも全く聞かされていなかったために、私自身は何の実感もない。

前世の知識である『ディアロスの英雄』においても、第二王子の預け先の事情までは記されておらず、私にとって彼の話は寝耳に水の状態だった。

しかし、アデルにとって夭折《ようせつ》した本当の弟に成り代わったことは、少なからず罪悪感を抱く要因だったのだろう。

深く頭を下げた彼の肩に、優しく触れる。

「謝らないで。亡き弟のおかげでアデルの命が救われたのなら、マディス子爵家の一員として誇りに思うわ」

そう声を掛ければ、アデルは僅かに身体を震わせた。

黙ったまま肩に置かれていた私の手を取ると、ゆっくりと両手で包み込む。

「……クレアに勧められて、隣国に留学して本当に良かったよ」

低く呟くようなその声に、つい首を傾げた。

「そうなの？　手紙では元気だとか問題ないとしか書いてなかったから、うまくやっているのか心配していたのよ？」

私の声に、彼はふっとその表情を緩める。

「手紙に書けないことも、いっぱいあったんだ」

困ったような笑みを溢した彼が、小さく肩を竦めた。

「あっちでライアス兄上に会って、兄上が僕や国を捨てて逃げたんじゃないってわかって嬉しかった。向こうでは隣国の変な友人もできたし、僕達三人の利害が一致していることがわかったから、この二年間お互いに協力し合って色々な問題を片付けたんだ。だから兄上は予定よりも前倒しで帰国できたし、色々早められたって喜んでた」

はにかむような笑顔を浮かべるアデルの様子を見て、ひっそりと息を呑む。

彼がさらりと口にしたこの二年間で片付けた色々な問題とは、恐らく王妃断罪を含む、我が国の王権交代に関わる一連の出来事のことだろう。

あれほど大がかりなことを、隣国にいながらたった三人で計画していたという事実に驚きを隠せない。

しかし、本来『ディアロスの英雄』の主人公であるライアス陛下と、内戦を首謀するほどの行動力を持った第二王子――アデルが協力し合った結果であればと納得してしまった。

隣国の変な友人が誰かは聞かないまでも、どう考えても一般人ではないことは予想できる。

――結局、物語は主役級の登場人物達によって動かされるのね。

当たり前の事実を前に、なんだか肩の力が抜けながらも、少なくとも私がアデルを隣国に送り出したことは間違いではなかったのだと妙な誇らしさも感じていた。

つい頬を緩ませていれば、不意に小さな咳払いが聞こえる。

「二週間前、兄上から準備が整ったと連絡を受けて、急いで帰国してきたんだ」

そう呟いた彼は、ぐっとその手を強く握った。

「もうすぐ兄上が、戴冠式を執り行うことを宣言すると思う。それに合わせて、第二王子のお披露目《ひろめ》をすると」

「お披露目？」

私の声に、アデルは頷きを返す。

「来月に行われる兄上の戴冠式で、僕はアデル・マディスからアベル・ディアロスに戻る予定なんだ」

そう告げた彼は、重ねられていた手を強く握った。

「いいことじゃない。やっと本当の自分に戻れるんでしょう？」

「それはそうなんだけど……」

珍しく語尾を濁すような話し方をする相手をじっと見つめれば、アデルはどこか躊躇《ため》いがちに、その口を開く。

「それまで——お披露目までの一ヶ月間、僕をここにいさせてもらえない？」

真剣な眼差しを向けられて、思わず首を傾げた。

「ここって、この邸にってこと？」

「うん。できれば、それまでクレアと一緒に過ごしたいなって」

嬉しい言葉を喜びつつも、どうしてそんなことを聞くのかと疑問に思う。

過去にも一緒に住んでいた人の滞在を、しばらく離れて暮らしていたからといって断るような薄情な人間だと思われていたのだろうか。

そうだとしたら心外だとは思いつつも、一緒にいたいと言われてしまえば悪い気はしなかった。

「当たり前でしょう？　ここはアデルの家でもあるんだから」

緩み切った顔でそう答えた私を見て、アデルは一瞬目を丸くしつつも、すぐに嬉しそうな笑みを浮かべる。

「よかった。マディス子爵からは、クレアの許可がもらえたらって言われてたから」

「なによ、それ。お父様も変なことを言うわね」

「はは、自分の娘のことなんだから慎重にもなるでしょ」

「そんなものかしら？」

おかしな言い回しをするアデルに首を捻っていれば、不意に重ねられていた手を引かれた。

向かい合う彼は、なぜかそのまま私の甲に唇を寄せる。

「なっ――!?」

突然の行動に驚きの声を上げるが、アデルは気にした様子もなく、にこりとこちらに笑って見せた。

「これからまたよろしく、クレア」

あまりにも平然としたその態度に、動揺しているこちらがおかしいのだろうかと思えてくる。

もしかしたらアデルは、留学中に隣国の少々進んだ作法を覚えて帰ってきてしまったのかもしれない。

どうにも落ち着かない心地ながらも、相手の行動を否定することは憚られて、流されるままに頷き返した。

「こ、こちら、こそ?」

私の返答に彼は目を細めると、どこか笑いを含んだような吐息を漏らす。

混乱している私を尻目に、あろうことか再び私の手を引いた彼は、その甲を唇に寄せ、本日二度目の口付けを落としたのだった。

＊・＊・＊

「あれ、クレア。どこかに行くの?」

玄関ホールを抜けようとしたとき、どこからか声がかかる。

声の主を探して視線を彷徨《さまよ》わせれば、見上げた先に、二階の廊下からこちらを見下ろすアデルの姿があった。

「アデルおはよう。よく眠れた?」

「うん、おはよ。よく寝たけど、いくら寝ても全然寝足りないや」

大きく欠伸《あくび》をしながら背伸びをする姿に、思わず頬が緩む。

数日前に帰国したばかりのアデルは、これまで不在にしていたことを感じさせないほど、子爵家に馴染《なじ》んでいた。

眠そうな顔で部屋を出てきたその姿に、もしかしたら私が準備で騒がしくしたせいで起こしてしまったのかと申し訳なくなってくる。

「まだゆっくり休んでいてもいいのよ？」

「ん、大丈夫。もう十分休んだよ」

欠伸を噛《か》み殺《ころ》しながら答える様子を見れば、とても十分に休んだようには見えない。

「そんなことより、クレアはこんな早くからどこに行くの？　せっかくいい天気だし、今日も一緒に過ごしたいなって思ってたんだけど」

「あ、ええと……」

当然のように口にされたアデルの提案に、つい口籠もる。

ここ数日はアデルが帰国したばかりということもあり、庭園に誘ってお茶をしながらお土産話を聞く日々を送っていた。

隣国の文化や留学先の学園の様子など、興味深い話をもっと聞きたい気持ちもあったが、残念ながら今日は前々からの先約があった。

「ごめんなさい。今日は友人とお茶会の予定があるの」

両手を合わせて頭を下げれば、アデルは小さく肩を竦めると手摺りに肘をつく。

「お茶会ねぇ。僕と庭園でお茶したほうが楽しいと思うんだけど」

不服そうな様子に、慌てて言葉を続けた。

「もちろんアデルとのお茶会は楽しいわ。ただ今日のお茶会は前々からお誘いいただいていたし、お茶をすること以外に目的があって――」

「目的って？」

言い終える前に飛んできた質問に、つい視線を彷徨わせながら言葉を探す。

「貴重な情報収集の場、かしら」

「情報収集？　なんの？」

「それは、その……婚活？」

私の返答に、アデルはその薄青色の瞳をすっと細めた。

「へぇ、婚活」

「えっあ、別に私が特別売れ残っているってわけじゃないのよ⁉」

彼の意味深な復唱に、慌てて声を上げる。

昔からアデルの前では失態ばかりを見せていたとはいえ、貴族令嬢として不出来なせいで行き遅れているとは思われたくはなかった。

「同世代のご令嬢たちもこぞって婚活に勤《いそ》しんでいるし、今は婚活に力を入れるのが普通なのよ。それに、私も十九歳になったし、周りからすれば行き遅れとされる年齢でもあるから、そろそろ婚活に本腰を入れないとと思って……」

そう口にしながら、先日の夜会での惨状を思い出して、つい呻《うめ》き声《ごえ》を漏らしそうになってしまう。

あの日、セレーナに言われた「貴族令嬢の将来は結婚相手にかかっている」という言葉は、我が国の貴族令嬢において紛《まぎ》れもない事実だった。

「ふーん？　でも十九歳っていったって、まだデビュタントをしてから三年でしょ？　別にそんなに急ぐことないんじゃない？」

のんびりしたアデルの口調に、肩を竦めて首を振る。

来月には第二王子の身分に戻る彼は、すぐに山ほど縁談を積まれることになるだろう。

正直うらやましいと思ってしまうが、立場が違うのだから仕方がない。

一下級貴族令嬢としては、たった一つの縁談申し込みを得られるように、地道に情報を収集して出会いを求めるしかなかった。

「アデルは今の社交界の状況を知らないから、そんな暢気《のんき》なことが言えるのよ」

溜息を溢す私を見て、アデルは不思議そうに首を傾げる。

「今と昔って何か違うわけ？」

そんな彼の姿を前に、小さく肩を竦めた。

「大きな違いは、ライアス陛下が未婚で婚約者がいないってことね」

政変によって適齢期の新国王が即位した我が国では、現在、空前の婚活ブームが沸き起こっていた。

婚約者のいないライアス陛下には、連日山のように縁談が押し寄せていると聞いているし、この一年の間に、王妃の座を狙う貴族令嬢たちの婚約解消が相次いでいた。

「兄上に婚約者がいなくてもクレアには影響ないでしょ？　前に興味ないって言ってたじゃん」

「直接は影響がなくても、間接的に影響が出てくるのよ」

「どういうこと？」

　眉を顰めるアデルに、首を横に振ってみせる。

「この一年の間に、これまで婚約者のいた貴族令嬢たちが続々と婚約解消をしているの。彼女たちは皆王妃の座を狙っているのだけれど、ライアス陛下のお相手は一人だけでしょう？　だから、陛下からお断りされたご令嬢は、新しい相手を求めてまた社交界で婚活を始めるのよ。そうすると下級貴族の有望株たちもどんどん刈り取られてしまうの」

「へぇ」

　どこか他人事のようなアデルの返答に、肩を竦める。

　下級貴族である私にとって次期王妃の座は縁遠い話ではあるものの、王妃の座を狙っていた貴族令嬢の進退によっては、どうしても自分の婚活にも影響が出てしまう。

　良縁を掴むためには、日々変化する最新事情を把握し、周囲との情報交換は必要不可欠だった。

　今日のお茶会にはセレーナを含め情報通のご令嬢も参加すると聞いているし、今回ばかりは参加しないわけにもいかない。

「高位貴族令嬢に婚約解消された有望株には縁談が殺到してしまうし、今の婚活を乗り切るには、最新の婚約事情を把握することが重要なのよ」

「ふーん。やけに詳しいね」

「ま、まあ、情報通の友人のおかげではあるけれど」

セレーナの受け売りであることを見透かされた気がして、慌てて言葉を濁す。

誤魔化すように咳払いをしていれば、コツンと手摺りを叩く音が響いた。

「要するに、今日のお茶会は友人同士の情報交換会ってこと？」

ようやく話が通じるようになってきたアデルに、大きく頷いて見せる。

隣国から帰って来たばかりとはいえ、近々第二王子としてお披露目される彼にとって、社交界の状況を把握することも大切だろう。

なんだかアデルの役に立った気がして、つい胸を張ってしまう。

「主にはそれが目的ね。最新の情報を聞いて帰ろうとは思っているけれど、ただ今日の会には先月婚約成立したばかりの方もいらっしゃるから、色々と話をお伺いできればと思っているわ」

「色々って？」

興味を示した相手を見上げて、ぴっと人差し指を立てた。

「婚約されたばかりの方――ジェネット様は、長い間想《おも》い慕っていた幼馴染《おさななじみ》の彼の心を、刺繍の贈り物で射止めたと噂されているの。ジェネット様に教わった刺繍を相手に渡せば、想いが実るとも言われているのよ。せっかくだから刺繍のコツを聞いてみたいし、素敵な恋のお話をぜひ詳しく伺いたいと思っているわ」

私の言葉に、アデルはふっと口端を緩ませる。

「確かに、クレアが好きそうな話だね」

「そうでしょう、そうでしょう。婚約解消が頻発する昨今の社交界の中で、幼い頃から降り積もった長年の想いを実らせるなんて、お互いの想いが伝わってくるようで素敵だわ」

うっとりと頬に手を当てていれば、不意に笑い声が耳に届いた。

「それにしても、クレアってやっぱり今も刺繍が苦手なんだ」

「なっ——少しは上達しているわよ！」

過去の出来事を思い出して、カッと顔面が赤くなる。

以前、アデルに多くのものに興味を持ってもらおうと連れまわしていた頃、一緒に刺繍に挑戦する機会があったが、当時からなんでも器用にこなしていたアデルとは違い、私が刺した刺繍は、布に赤い毛玉がくっついているだけの無様な仕上がりだった。

そんな私でも、この七年間淑女の嗜《たしな》みを学んできたお陰で多少刺繍も上達しており、今なら簡単なものくらいなら人並み程度には刺せるようになっていた。

「じゃあ帰ったら僕にも何か作ってくれる？　クレアの上達ぶりが見てみたいな」

「いいわよ。アデルが驚くような刺繍を見せてあげるわ」

「はは、楽しみにしてる」

売り言葉に買い言葉のようなやり取りをしていれば、馬車で待っていたはずの護衛から声がかかる。

ハッと時計に視線を向ければ、約束の時間が迫っていた。

「時間がないから、そろそろ行くわね！　アデルもまだ帰って来たばっかりなんだから、しっかり身体を休めるのよ」

「うん、そうする」

間延びした返事をしながら、ひらひらと手を振るアデルに手を振り返すと、小走りで護衛の後を追いかける。

馬車に乗るために護衛の手を取ろうとした瞬間、不意にぐいっと肩を引かれた。

「クレア待って」

その声に振り返れば、なぜか追いかけてきたらしいアデルが、手持ちの袋からごそごそと何かを取り出した。

「これ、渡しそびれてた隣国のお土産なんだけど、今日のドレスに似合うかなって」

そう言いながら彼が後ろから手を回せば、ひんやりとしたものが首元にあたる。

シャラリという音に視線を落とせば、そこには中央に薄青色の石が光るネックレスが付けられていた。

「うん、よく似合ってる」

突然の贈り物に目を瞬いていると、横から覗き込んできたアデルが満足そうに笑う。

「あ、ありがとう?」

小ぶりとはいえ宝石の付いた装飾品なんて、我が国では安くはない贈り物のはずだが、お土産として買ってきたとすれば、隣国ではそれほど高価なものではないのだろうか。

「時間ないんでしょ？　早く馬車に乗りなよ」

混乱している私の背を叩いたアデルは、半ば強引に手を取ると私を馬車に乗せる。

「お茶会、楽しんできてね」

「え、ええ」

笑顔で手を振る相手に慌てて頷けば、お茶会の開始時間を伝えていた馭者と護衛は、早々に馬車を動かし始めた。

いつもよりも揺れの大きい馬車の中、どこか落ち着かない心地で胸元に光る小さな石を見つめる。

キラキラと輝く薄青色の光に見惚《ほ》れていれば、あっという間にお茶会会場に着いたのだった。

＊・＊・＊

「次の陛下の縁談相手は、リットン侯爵家のディアンナ様らしいわ」

「侯爵家なら妥当ですわね」

「あら、まだ本命のベイル公爵家が立場を明らかにしていなくてよ？」

花々が咲き乱れる庭園の中央で、セレーナを始めとする情報通のご令嬢たちは、熱心に考察を始めている。

三人の話に耳を傾けながら、ひっそりとテーブルについていた私は、邪魔にならないようにと静かにカップに口をつけた。

彼女たち三人は社交界でも指折りの情報通であり、その一角を担っているのがセレーナだ。

今回の会に参加できたのも、セレーナの招待があったからこそだった。

――近いうちにセレーナには何か御礼を贈っておかなくちゃ。

ますますセレーナに頭が上がらなくなってしまうと思いつつ、ちらりと隣の参加者に視線を向ける。

今日のお茶会の参加者は五人。

私同様にお茶を口にしながら三人の会話を温かく見守っていたご令嬢は、私の視線に気付くと、ふわりと柔らかな笑みを浮かべた。

「あら、クレア様どうかなさいました?」

波打つ金色の髪を結い上げた彼女の穏やかな微笑みに、つい見惚れそうになってしまう。

ゆっくりとカップを置く上品な仕草を目で追っていれば、机に置かれた彼女のハンカチを目にしてハッと我に返った。

「あっあの、ジェネット様!」

「はい、なんでしょう?」

おっとりと首を傾げるジェネット様を前に、意を決して口を開く。

「よろしければ、ジェネット様のお話をお聞かせ願えませんか?」

「あら、私も聞きたいですわ！」

「意中の男性を射止めたという魅惑の刺繍のお話ですわね」

「わたくしも、ぜひお伺いしたいですわ！」

私の声に、会話に盛り上がっていた三人も勢いよくこちらを振り返った。

元々ジェネット様は婚活仲間として何度かお会いしたことのある方だったが、先月幼馴染である伯爵令息と想いを通わせてからはなかなか会う機会もなく、久々の同席だった。

私たちの期待の眼差しに、ジェネット様は困ったように微笑みながら頬に手を当てる。

「ご期待に沿えなくて申し訳ないのだけれど、私、刺繍の腕はそれほどではないの。ここ最近、お声がけいただいた方々の多くには、がっかりされてしまいましたわ」

悩まし気な溜息を溢す彼女に、皆それぞれに顔を見合わせた。

「そうはおっしゃっても、ジェネット様の刺繍が、お相手を振り向かせるきっかけとなったのは事実なのでしょう？」

「今もジェネット様の刺繍の入ったハンカチを、肌身離さず持ち歩いておられるとの噂を耳にしておりますが」

「夜会やサロンでご友人にも自慢されていらっしゃるとか」

情報通である三人の話にジェネット様は小さく首を振ると、手にしたカップに視線を落とす。

長い睫毛《まつげ》を伏せた彼女は、困ったような笑みを浮かべた。

「オリバー様がお贈りしたハンカチを大切にしてくださっているのは事実だとは思います。ただ、刺繍の腕自体は本当に大したことはないのです。大事なのは、相手への想いを込めて刺すことだと思っておりますから」

ジェネット様の言葉に、その場の全員が目を瞬く。

「相手への、想い」

思わず漏れた声に、慌てて口を塞いだものの時すでに遅し。

ジェネット様に向けられていた注目がこちらに集まり、居たたまれなさから身を縮こまらせていれば、不意にふっと零れるような笑いが耳に届いた。

その声に視線を向ければ、目を細めるようにしてこちらを見つめるジェネット様の姿がある。

「クレア様は、想う方はいらして？」

「えっ？　い、いえ、まだ……」

突然の質問に、声がひっくり返りそうになってしまった。

想い人がいれば、私はこうして婚活に悩んでいないだろう。

婚約者を得るという目標を掲げつつも、最近はただ漠然と夜会をうろついているだけの日々を過ごしていることに肩を落とすことしかできない。

「ふふ、ではどんな方がお好みなのかしら」

ジェネット様の問いに、呆然と目を瞬く。

――自分の好み？

尋ねられて初めて、何一つ言葉が出てこないことに驚く。

あれほどアデルに婚活とはなんたることかと語りながらも、自分の相手像について何一つ具体的に考えていなかった事実に、冷や水を浴びたような心地になった。

「申し訳、ありません。自分の好みについて、これまで考えたことがありませんでした」

項垂《うなだ》れるしかない私に、隣りに座っていたセレーナは呆れたような溜息を溢す。

「クレア、前から言っていたでしょう。結婚相手を探すのなら、まずは理想の相手を想像しなさいって」

「うう、おっしゃるとおりです」

セレーナの正論がぐさぐさと刺さり、ますます肩身が狭くなってくる。

「ふふ、それならせっかくですから、今ここで考えてみるのはいかがかしら？」

ジェネット様の提案に、他二人が目を輝かせた。

「あら、いいですわね」

「クレア様が、どんな方をお好みになるのかお伺いしたいですわ！」

二人の賛同に笑みを深めたジェネット様は、指を組むとにこやかにこちらを覗き込む。

「それではまず一つ、お相手に求める条件を挙げてみましょうか」

質問と共に集まってきた全員の視線に、ひくりと口端が強張った。

ぎこちない笑みを返しつつ、視線を泳がせながら頬を掻く。

――理想の相手と言われても……。

これまで考えたこともなかったお題に当惑しつつも、ゆっくりと思考を巡らせる。

「ええと、あまり高望みをしすぎるのもどうかなと思うので、できればなのですが……」

「クレア、言い訳はいらなくてよ」

「希望はどんどん口にするべきですわ！」

囃《はや》し立《た》てる声に背中を押されながら口を開く。

「私は子爵家の一人娘なので、できれば結婚後に、子爵家の領地も併せて見てくれる相手がいいかなと思います」

一番に思いついたのは、両親と子爵家のことだった。

跡取りとなる男児が生まれなかった我が子爵家は、私に婿を取らせるか、領地を併せて管理できる家格の相手と結婚させせなければ存続は難しい。

子爵家の領地を併せて見るとなれば、必然と相手の家格は伯爵家以上となる。

自身より上の身分の相手を望むという時点で、私にとってはかなりの高望みとなるため、気恥ずかしさを誤魔化すようにお茶で喉を潤していれば、不意に大きな溜め息が聞こえた。

視線を向ければ、セレーナが肩を竦めて大きく首を振っている。

「本っ当にクレアは相変わらずね！　もっと具体的な理想はないの？　今貴女《あなた》が口にしたのは、貴女自身の好みではなく、家にとって望ましい相手の条件だわ。ここにいる皆は、クレア自身が好む人物像を知りたいと思っているのよ」

その言葉に周囲を見回せば、他の三人は顔を見合わせると楽しげな笑い声をあげた。

「ふふ、セレーナ様のおっしゃるとおりですわね」

「もっと単純なことでいいのですわ。身長だとか髪の色だとか年の差だとか……クレア様の好みを教えてくださいませ。立ち居振る舞いや贈り物のセンスなんかを重視される方もいらっしゃいますわよ」

「外見だけでなく、内面についてでも構いませんわよ？　社交的だとか情熱的だとか、いろいろありますでしょう？」

気付けば、テーブルを囲む四人の視線がこちらに向けられている。

助け舟を出してくれるような周囲の意見を気恥ずかしく感じながらも、自分の理想を想像しながら天を見上げた。

——自分好みの相手。

婚活を始めてからこれまで、いつか運命の出会いがあるのではないかと思いながらも、具体的な相手を想像したことはなかった。

結婚する相手とは、これまで生きてきた以上の時間を一緒に過ごすことになるだろう。

それならばと、ゆっくりと口を開く。

「年齢は、近いほうがいい気がします」

「あら、意外ですわね」

「わたくしも、クレア様は頼りがいのある年上男性がお好みかと思っておりましたわ」

目を丸くするご令嬢方の反応に、慌てて言葉を続ける。

「あっええと、人生の伴侶となるなら、できるだけ一緒に時間を過ごしたいなと思いまして」

「ふふ、可愛らしい理由ですわね」

ジェネット様の言葉に、じわじわと火照る頬を手で押さえた。

「いろいろと考えてみましたが、条件としてはそれくらいかなと思います、具体的な理想像は思いつきませんでしたが、できれば一緒にいて居心地のいい方がいいなと思っています」

どんなに想像しようと思っても、理想の結婚相手はぼんやりとしたシルエットのまま、はっきりとした姿にはならなかった。

見た目に理想がないのならば、できれば長い人生を共に穏やかに過ごせる相手がいいなと思ったのだが、少々夢見がちなことを言ってしまった気もして、照れくささからつい頬を掻いてしまう。

なんとなく顔を上げられずにいれば、すぐ隣からセレーナの溜息が聞こえた。

「まったく！　クレアも派手ではないものの小綺麗《こぎれい》な顔立ちなのだから、もっと理想を高く持てばいいのよ。理想なんて言った者勝ちなんだから！」

「はい、精進します」

強い口調ながらも、私の背中を押そうとしているのが伝わってくるセレーナの言葉に、つい口元が緩んでしまう。

続くセレーナのお小言を締まりのない顔で聞いていれば、ふとジェネット様が手にしていたカップを机に置いた。

「ふふ、とても素敵な理想像でしたわ」

そう口にしたジェネット様は、こちらを向くとにこやかな笑みを浮かべる。

「いつかクレア様に恋い慕う相手ができたなら、ぜひ心を込めた刺繍を贈ってさしあげてくださいませ。相手に贈る刺繍を刺すときには、恋い慕う気持ちを込めながら、ひと針ひと針縫ってみてください。そうすると、己の心が顕《あらわ》れるような刺繍が仕上がるのです。それを贈れば、きっと想いは伝わりますわ」

「まあ、ロマンティック！」

「素敵だわ」

ジェネット様の言葉に、黄色い声が飛び交う。

その後、せっかくならばとそれぞれの理想像を語り合ったり、ジェネット様とオリバー様の馴《な》れ初《そ》めを聞いたりと、本日のお茶会は大いに盛り上がった。

婚約者との予定があるジェネット様が一足先に帰られるのを見送り、私たちもお開きにしようということで、セレーナたちにも別れを告げて帰路につく。

行きと違って揺れの少ない馬車で帰路を進んでいれば、朝も早かったせいか、暖かい空気に誘われて睡魔が襲ってきた。

カタカタという馬車の揺れが心地よく、布越しの柔らかな日差しが夢の世界に誘ってくる。

午後の穏やかな温《ぬく》もりの中で微睡《まどろ》んでいると、不意に馬車の揺れが止まった。

コンコンと響く音にゆっくりと目を開けば、なぜか返事をするより先に扉が開き、扉の向こうから差し込んできた陽光に思わず目を細める。

「おかえり、クレア」

「え、アデル？」

ひょっこりと顔を出したのは、護衛ではなく今朝別れたばかりのアデルだった。

「うん、馬車が見えたから迎えに来ちゃった」

楽しげに微笑んだアデルに手を引かれ、馬車の外へと引っ張り出される。

「お茶会、楽しかった？」

「ええ、色々と話を聞けて勉強になったわ」

「へぇ。僕は一人ですることもなかったから退屈だったなぁ」

恨み言を口にするアデルに、苦笑いを返す。

「退屈させてごめんなさい。今日の埋め合わせは、近いうちにするわね」

謝罪を口にすれば、隣に並び立つ彼は拗ねたようにわかりやすく唇を窄《すぼ》めた。

「近いうちって言ってたら忘れられそうだから、明日にしてよ」

「ふふ、そんなにすぐだと埋め合わせの準備もできないじゃない」

私の言葉に、アデルは首を横に振りながら大げさに肩を竦めた。

「別に変わったことをしなくてもいいんだよ。僕は、クレアと一緒に過ごす時間が好きなだけなんだから」

さらりと告げられた言葉に、じんわりと胸の奥が温まっていく。

隣国へ留学する前は確かに懐かれている自覚はあったが、成長して帰ってきた今も、変わらず自分を慕ってくれていることを実感して、気恥ずかしさからなんだか落ち着かなくなってしまった。

「それで、お茶会はどうだった？　どんな話をしたの？」

急に顔を覗き込まれ、その近さに思わず身体を仰《の》け反《ぞ》る。

「あ、ええと……現在の婚活事情に関する情報交換が主で、あとは刺繍の話や、理想の結婚相手の話だったかしら」

「理想の結婚相手？」

「ええ」

アデルの質問に答えながら、ふとお茶会での失態を思い出してしまい、つい視線を逸らしてしまった。

「何その顔、なにか嫌なことでもあったの？」

私の変化を目ざとく見つけた彼は、訝しむようにその目を細める。

「えっいや全然そんなことはないんだけれど、その……」

「なに？　はっきり言ってよ」

追い打ちをかけるような質問に、これはもう言い逃れはできないだろうなと観念して、ゆっくりと口を開いた。

「ええと、今日のお茶会でジェネット様に理想の結婚相手を尋ねられたのだけど、うまく答えられなかったの。今朝はアデルに自信満々に婚活について語っていたのに、実際は現実を見ていなかったことに気付いてしまって……少し恥ずかしかったわ」

私の打ち明け話に、アデルはなぜか呆れたように肩を竦める。

「そんなの今更だよ。クレアは昔っから周囲が見えているようで、なんにも見えてないんだから」

「なっ――そこまで言わなくてもいいじゃない。理想の結婚相手のことだって、今日のお茶会で正直にお話ししたら、一緒に考えましょうって声をかけていただいて、改めて自分の理想像と向き合うことができたもの」

恨みがましい視線を向ければ、アデルはなぜかスッとその目を細めた。

「ふうん、クレアの理想って興味あるな」

「興味あるって？」

「クレアのことだから、恋物語に出てくる清廉潔白で礼儀正しい純粋な貴公子みたいな人だとか言ったんじゃない？」

明らかに夢見がちな一例を口にしながら首を横に振ってみせるその態度に、むっと顔を顰める。

「私だって物語と現実の違いくらいわかっているわよ。今日のお茶会のときだって、ちゃんと結婚後や将来のことを見据えて真剣に考えたわ」

「じゃあクレアはどんな相手が好み？　理想の相手に何を求めるの？」

「それは――」

からかい口調のアデルに、勢いのまま言い返そうとしたところで、ふと我に返る。

『できれば結婚後に子爵家の領地も併せて見てくれる相手が』

『年齢は近いほうがいい気がします』

『一緒にいて居心地のいい方がいいなと』

今日自分が口にした理想を思い出しながら、正面に立つ相手を呆然と見上げた。

第二王子という地位に、一歳年下という年齢。

昔も今も一緒に過ごしていて居心地よく、共に暮らしていても自然体でいられる相手。

――私の理想って――。

全く意図していなかったはずなのに、あまりにも条件に一致している相手を目の前にして、急に心臓が煩《うるさ》く鳴り始める。

「なに？　どうかした？」

「な、なんでもないわ！　こういうことはあまり言いふらすようなものじゃないのよ」

「えー」

不満そうな声を漏らすアデルから視線を逸らし、動揺を隠すように胸元を押さえて口を引き結ぶ。

──アデルは弟みたいなものだし、物語の主要人物なんだから！

そう自分に言い聞かせていれば、不意に彼がこちらを覗き込んできた。

「ねぇ」

「な、なに？」

強張りそうになる頬を抑えながら、なんとか笑顔を取り繕う。

私の動揺を知ってか知らずか、アデルはじっとこちらを見つめると、ゆっくりとその視線を落とした。

「やっぱり、よく似合ってるね」

「え？」

なんのことかと目を瞬いていると、アデルの手が私の胸元へ伸びる。

シャラリと微《かす》かな音が耳に届けば、彼の手の中には今朝彼が付けてくれたネックレスの石がころりと転がった。

透き通った薄青色の宝石は、陽の光を反射してキラキラと輝いている。

その輝きに、ふと今朝の出来事を思い出した。

「あの、アデル？」

「ん？」

「今更だけど、今朝は素敵なお土産をありがとう。とても綺麗だわ」

御礼を口にすれば、アデルはふっと顔を緩めるとネックレスから手を放した。

「どういたしまして」

目を細めて笑う相手を見上げると、ふと彼の耳元にきらりと光るものが目に入る。

よく見てみれば、そこには薄青色の石の付いたピアスが付けられていた。

その石を見た瞬間、思い浮かんだとある可能性に心臓が妙な音を立てる。

「あの、アデルそのピアスって……」

「ああ、気付いた？　同じお店で買ったんだ。綺麗でしょ？」

にっこりと屈託のない笑みを浮かべた彼は、嬉しそうに指先でピアスを叩いた。

「え、ええ」

そのあっけらかんとした様子に、強張っていた肩から力が抜けていくのがわかる。

我が国の社交界で、男女が揃いの装飾品を身に着けるのは、恋人同士である証とされていた。

基本的には女性が指輪、男性がカフスボタンという組み合わせだが、装飾品であれば他のものでも組み合わせは自由。

まさかアデルがその習慣に則《のっと》って揃いの装飾品をくれたのかと思ってしまったが、彼の様子を見る限り、同じ店で買ったことでそれぞれが偶然似てしまっただけだろう。

がっかりしたような安心したような、複雑な心地で溜息を溢す。

「クレアは、気に入ってくれた？」

名前を呼ばれて顔を上げれば、にこやかに微笑むアデルの顔があった。

「もちろんよ。大切にするわ」

「ははは、そうしてよ」

ぽんと頭に手を乗せられて、むっと眉根を寄せる。

「一応、私はアデルの一つ年上なのだけれど？」

「あはは、ごめん。なんだかちょうどいい高さで」

その言葉に意識して見てみれば、確かに以前より随分と背が伸びていることを改めて実感する。

以前は私よりも背が低いくらいだったのに、この七年間の成長を考えると、なんだか感慨深くなってしまった。

「……随分、背が伸びたわね」

昔は自分より背が低かったアデルが、今は見上げるほどの身長になっている。

その成長に、じんわりと胸が熱くなった。

「クレアより背が高くなることが目標だったんだよね。実は再会するとき、クレアが僕より成長してないか心配だったんだ」

悪戯《いたずら》っぽく笑うアデルの様子に、思わず笑みが零れる。

「ふふ、そんな心配をしていたなんて気付かなかったわ」

小さく笑い声を漏らせば、頭に触れていた手がゆっくりと頬に触れた。

「そういえばクレア、今朝の約束を覚えてる？」

「約束？」

一瞬何のことかわからなかったものの、すぐに玄関ホールでのやり取りを思い出す。

「ああ、刺繍のことね。もちろん、覚えているわよ」

私の問いかけに、アデルはふっと表情を緩めた。

「モチーフは赤い薔薇がいいな。昔クレアが刺した薔薇の刺繍、独創的だったからもう一度見たいなって」

「……あれは忘れなさいよ」

「はは、嫌だよ。僕の大事な思い出だもの」

声を上げて笑うアデルに恨みがましい視線を向けていれば、不意に腕を掴まれ引き寄せられる。

「なっ――」

倒れ込んだ私を受け止めたアデルは、その手で私の髪を梳《す》くと、そっと耳元に唇を寄せた。

「刺繍、上達したんでしょ？　楽しみだな」

耳元で囁《ささや》かれた低い声に、ぶわりと全身が熱を持つ。

――こんな行動、どこで覚えてきたの⁉

目の前で微笑むアデルは、眩《まばゆ》いくらいの貴公子であり『ディアロスの英雄』のラスボスそのものだ。

しかし、見た目はそっくりそのままなのに、原作の儚《はかな》さはどこへいったのやらと、ぱくぱくと口を開閉することしかできない。

まるで知らない人になってしまったような彼の様子に戸惑いながらも、負けるものかと精一杯の虚勢を張ってその鼻先に指を突きつけた。

「こ、これまで見たことないくらい、すっごい刺繍を贈ってみせるから。覚悟してなさい！」

震えそうになる声でそう宣言すれば、アデルは面食らったようにその目を瞬かせる。

そして次の瞬間、庭園には楽しそうな笑い声が響いたのだった。

＊・＊・＊

「……本当に行くの？」

揺れる馬車の中、向かいで窓の外を見ている相手に念押しの質問を投げかける。

「行くよ。もう馬車に乗ってる」

「本当の本当に？」

「しつこい」

ばっさりと切り捨てるようなアデルの言葉に、がっくりと肩を落とすと、顔を覆いながら深い溜め息を溢した。

「なんの溜め息？」

斜め向かいの席から投げかけられた質問に、思わず恨みがましい視線を向ける。

「出会いの場が一つ消えたことに対する溜め息よ」

「消えたら困るの？」

首を傾げるアデルを前に、あからさまに肩を竦めてみせる。

「当たり前でしょう？　せっかくの夜会参加でも、弟と一緒じゃ運命の相手も近寄って来れないじゃない」

「運命の相手ねぇ」

右から左に受け流すような気のない返事を口にした彼は、ぼんやりと窓の外を見つめ始めた。

その横顔を睨《にら》み付けてみるものの、道中も半分以上過ぎてしまった今となっては引き返すこともできないだろうと言い返す気力も喪失してしまう。

現在、私達二人を乗せた馬車は、王都南部に位置するキュリオ伯爵邸に向かっている。

本日の夜会は、以前アスコット侯爵家主催で招待いただいたものだった。

年若い男女が多く参加する会だと聞いて、急遽《きゅうきょ》新たなドレスを仕立てることになったのは先週のこと。

仕立屋が来ていることに気付いたアデルが、なぜか自分の衣装も依頼したせいか、何の手違いか納められた私達の衣装は互いが対となるデザインになっていた。

それだけならまあ可愛い勘違いくらいで終わる話だったのだが、出発直前になって自分も行くと言い出したアデルが馬車に乗りこんできたために、結局私達は姉弟揃って夜会会場に向かうことになってしまった。

——なんでこんなことになってるのよ。

頭を抱えながら、ぽすりと背もたれに身を預ける。

アデルの留学によって原作のシナリオが大きく変わったことは間違いないだろうが、それ以上に、アデル自身の性格が大きく変わってしまった気がして仕方がない。

あの儚げな美青年だったアベル・ディアロスが、こうも当たりの強い思春期少年のようになってしまったのは何が原因なのだろう。

一体いつから、何が原因でとブツブツ呟いていれば、不意に向かいから小さな溜め息が聞こえてきた。

「ねぇクレア」

名前を呼ばれた先に視線を向けると、アデルは頬杖をついたまま、じっと窓の外を見つめている。

「婚活を続けてるってことは、今のところ目ぼしい相手はいないってことだよね？」

淡々と告げられた質問に痛いところを突かれてしまい、思わず口端が引き攣ってしまった。

「……そうじゃなきゃ毎週のように夜会に参加してないでしょ」

夜会は貴族の社交の場であり、男女の出会いの場だ。

参加義務があるのは年に数回の王家主催のものくらいで、個人的に開かれる夜会に参加するのは、派閥勢力への顔見せか男女の出会い目的のどちらかでしかなかった。

「まあ確かに、クレアは夜会に出るより、邸で本を読んでるほうが好きだもんね」

「うっ……まあ、そうだけど」

過去に自分で手紙に書いた内容とはいえ、己の内心を言い当てられてぐうの音も出ない。

元々今世でも本や観劇を好む傾向はあったが、前世の記憶が戻ってからは一段と読書にのめり込むことが多くなっていた。

この七年間の手紙のやり取りで、自分の趣味嗜好《しこう》についてはほぼほぼ全て伝えてしまったこともあり、今更隠したり取り繕ったりする必要もないかと肩を竦める。

もうどうにでもなれと投げやりになっていれば、横目でちらりとこちらを見たアデルはおかしそうに口元を緩ませた。

「急に魂が抜けたみたいな顔してどうしたの？　安心してよ、今日は僕がちゃんとエスコートしてあげるからさ」

目の前に差し出された彼の手を見て、思わず溜め息を溢す。

「出会いの場にエスコート役を連れていく御令嬢がどこにいるのよ」

隣国に長くいたアデルは知らないかもしれないが、我が国でのエスコート役は基本婚約者が務めるものだと相場が決まっている。

デビュタント前であれば家族が務める場合もあるが、それは婚約者がいない場合に限られており、社交界デビューしたご令嬢に婚約者がいるかどうかは、夜会参加の際にエスコート役を伴うかどうかで判断されていた。

つまり、エスコートを伴わない夜会参加自体が、出会いを求めているアピールになり、反対にエスコートを伴った夜会参加は、会場にいる異性からの声掛けを全て拒絶することと同義だ。

せっかく胸元が開いた大人っぽいデザインのドレスを着て、今日こそはと期待に胸を膨らませていたのに、もうこれは諦める他はないと肩を落とす。

ことの元凶を見やれば、嬉しそうな笑みを浮かべるばかりで、やたらとご機嫌に見える姿を目の当たりにして、なんだか毒気を抜かれてしまった。

「はぁ……もう今夜の出会いは諦めるわ」

「あはは。なんか落ち込ませちゃってごめん。でも初めての夜会がクレアとだなんて楽しみだな」

弾むような声で語られた『初めて』という響きに、思わず目を瞬く。

「初めて？」

「うん。だって僕ずっと留学してたし、隣国ではそんな暇なかったから」

隣国は我が国同様に貴族制度があり、その生活はほぼ変わらないはずだ。

そんな国に一国の王子が留学してきて夜会に招かれないなどあるのだろうかと思いつつも、アデルはマディス子爵家嫡男として身分を偽って留学したのだから、もしかしたらそのあたりは控えめだったのかもしれない。

元王妃の支配する王城にいた頃は自由なんてなかっただろうし、夜会はおろか舞踏会やお茶会などの公式行事でも姿を見ることはなかった。

来月正式に第二王子として身分を明かしてしまえば、一参加者として気楽に夜会を楽しむ機会はもう巡ってこないだろう。

そう気付いてやっと、アデルがどうして馬車に乗ってきたのかを理解した。

――アデルは、残り僅かな自由時間を楽しもうとしてるんだわ。

そう考えれば、一連の不可解な行動に納得がいく。

一参加者としての夜会を楽しむなんて、アデル・マディスとして過ごす一ヶ月間でしか体験できないことだ。

きっと彼は、純粋に夜会を楽しみたかったのだろう。

そんなアデルの気持ちに気付かず、自分の都合ばかりを考えて不平不満を口にしていた自分が恥ずかしくなる。

慌ててアデルの手を掴めば、彼は驚いたようにその目を大きく見開いた。

「……なに？」

「私、自分の都合ばかりで、アデルの気持ちを汲《く》み取れていなくてごめんなさい」

「へ？」

「楽しい夜会にしましょうね！」

強く手を握りしめながら語る私を前に、呆気《あっけ》にとられるように口を開けていたアデルは、しばらくすると堪えきれないといった様子で笑い声を漏らした。

「くっ……よくわかんないけど、ほんとクレアって思い込み激しいよね。前からだけど」

「なっ一言余計よ！」

相変わらずの天邪鬼《あまのじゃく》のような物言いに、つい言い返せば、なんだか七年前のあの頃が戻ってきたような気持ちになる。

「褒めてるんだよ。僕は、そんなクレアに救われたんだから」

そう言いながら、どこか懐かしむように目を細めたその表情に昔の面影が重なった。

――あ、『アビー』だわ。

この七年の間に、アデルの姿は随分と様変わりしてしまったが、やはりふとした瞬間に同一人物だと実感させられる。

そんな懐かしさから思わず頭を撫《な》でると、眉根を寄せた相手から「子供じゃない」と唸《うな》るような声と共に手を弾かれてしまった。

＊・＊・＊

「ご無沙汰しておりますわクレア様！」

「覚えていらっしゃいますか？　私ガヴェア子爵家のハンナです」

会場に着いた瞬間、ここ数年ほとんど挨拶も交わさなかったご令嬢方から声を掛けられる。

「まあクレア様、お久しぶりですわ」

「先週のアスコット侯爵家の夜会以来ですわね」

次々集まってくる彼女達に取り囲まれ、身動きが取れない状態になっているのは、どう考えても私の隣に立つ人物が原因だろう。

彼女達の視線は、吸い寄せられるかのように私の隣に注がれていた。

「それで、お隣の方は……?」

期待に満ちた眼差しが集まる先で、私と対となるデザインの礼服を着たアデルは、にこやかな笑みを浮かべる。

「初めまして、アデル・マディスと申します」

その自己紹介に、御令嬢達は一斉にざわつき始めた。

「マディス……?」

「ご親戚かしら」

日々優良物件を探し続けている彼女達にとって、これまで聞いたことも見たこともないアデルの存在は衝撃的に違いない。

不躾《ぶしつけ》なまでの視線を向けられているにもかかわらず、アデルは涼しい顔で優雅に一礼をしてみせた。

「実はつい最近まで隣国へ長期留学をしておりまして、久々にこちらに帰ってきたばかりなのです。不慣れなことも多いと思いますし、色々と教えていただけると嬉しいです」

「まぁ！」

「留学されていらっしゃったのですね」

「お会いできて光栄ですわ」

今まで見たこともない爽やかな笑みを浮かべるアデルに、周囲からは黄色い声が上がる。

――まるで別人ね。

いつもの悪態はどこにいったのかと尋ねたくなるほどの見事な貴公子っぷりに、つい肩を竦めてしまう。

「アデル様は、いつ今夜の会のご招待を受けられたのですか？」

「ああ、僕は招待をいただいていないんです。今夜はクレアと離れがたかったから付いてきただけでして」

「クレア様と……？」

アデルの発言に、周囲の視線は一瞬にして私に注がれた。

値踏みをするようなその眼差しに、頬が引き攣りそうになるのをなんとか堪える。

「……失礼ですが、お二人のご関係は？」

「ご友人かしら？」

その質問を皮切りに、ご令嬢方が次々と口を開き始めた。

「同じ家名でしたし、御婚約者様ではないですわよね？」

「ふふ、まさかそんなはずありませんわ。クレア様は先週の夜会にもいらっしゃっていたもの」

その言い草に口元をひくつかせながらも、なんとか淑女の笑みを張り付けた。

「クレアは僕の――」

事実を口にしようとしたアデルを手で制して、前に一歩出る。

「アデルは私の弟ですわ」

自分に飛んできた火の粉くらいは、自分で払うべきだろう。

間違っても夜会を楽しみにしていたアデルの手を煩わすことはしたくないと、彼を背に庇《かば》いながら令嬢方と対峙した。

「私も、久々の弟との再会を嬉しく思っておりますの。せっかくの機会なので、今夜は姉弟水入らず楽しい時間を過ごさせていただきますわ」

家族をパートナーとして連れてきた場合、出会いの意思無しと見なされるのは男女共通だ。

私の今の発言は、うちの可愛い弟に色目を使わないでくださいと釘《くぎ》を刺しているようなものだった。

せっかくアデルが楽しみにしていた初めての夜会を、狩人《かりゅうど》同然の彼女達に邪魔されたくはないし、ここは姉として毅然《きぜん》とした態度をとっておくべきだろう。

私の発言に驚いた様子のご令嬢方は、先程とは打って変わってその顔に友好的な笑みを浮かべた。

「まあ！　お二人はご姉弟でしたのね」

「言われてみれば、どことなく似ていらっしゃるわ」

「クレア様ったら、こんな素敵な弟君をお持ちだなんて羨ましいわ」

一見和やかな空気とは裏腹に、ご令嬢方のアデルに向けられる熱烈な眼差しにキリキリと胃が痛み始める。

――これはアデルを一人にしないほうがいいわね。

防波堤となっている私がいなくなった瞬間、彼女たちに纏わりつかれて動きが取れなくなるアデルの姿が容易に想像できてしまった。

「実は来月お茶会を開きますの。よろしければ招待状をお送りしますから、ぜひお二人でいらしていただきたいわ」

「我が伯爵家でも細やかな夜会を計画しておりますのよ。日程が決まりましたら、お二人それぞれに招待状をお送りいたしますわね」

お茶会はエスコートの有無に関係なく交流の場であることから、少しでもアデルとお近づきになりたいという意図が透けて見える。

夜会の招待状を各個人に送るという行為は、パートナーとして参加するのではなく一個人として参加してほしいというお誘いのため、直接的にアデルに興味がありますと言っているようなものだった。

怒涛《どとう》の申し出に、なんとか笑顔は取り繕っているものの、周囲からの圧力に胃が絞られるような感覚になんとか耐える。

弟に群がる令嬢達を蹴散らそうとしているだけなのに、これしきのことで気圧《けお》されている自分が情けなくて、ぎゅっと拳を握った。

——大丈夫、私だってやればできるわ。

普段は周囲の流れに身を任せるような自分だが、夜会参加が初めてなアデルのためにも、ここは私が踏ん張るべきだろう。

気合いを入れ直そうと改めて背筋を伸ばした瞬間、不意に伸びてきた手に腰を引かれた。

バランスを崩しながらも慌てて後ろを振り仰げば、アデルが微笑みながらこちらを見下ろしていた。

「アデ——」

名前を呼ぼうとした唇に、彼の指先が触れる。

静かに、と言わんばかりのその仕草に、私を含む周囲はしんと静まり返った。

妙な緊張に包まれた中で、アデルは周囲を見回すとすっと目を細める。

「ご覧いただければおわかりかと思いますが、僕たちは昔からとても仲が良いんです」

その明るい声に、周囲は驚きに目を瞠った。

「どこに行くにも一緒でしたし、今日の夜会だって僕が心細いだろうからと、クレアはこうして側に付いていてくれています」

腰に回っていた腕に力が込められると、まるで背後から抱きすくめられるような状態になる。

「僕はこの国に帰ってきたばかりなので、先々の予定については父と相談しなければ決めることができません。お茶会や夜会にご招待いただけることは非常に光栄ですが、今日この場で返答をすることはできませんので、ご容赦いただければ助かります」

柔和ながらもはっきりとした拒絶の言葉に、ご令嬢方が一歩引いていくのがわかった。

「今夜は姉のエスコート役として参加しておりますので、一参加者として楽しませていただきますね」

そう口にしたアデルの晴れやかな笑顔とは対照的に、周囲のご令嬢方が一様にがっくりと肩を落とすのが伝わってきた。

同情はしないが、気持ちは痛いほど理解できる。

突然現れた有望株が、暗に声をかけてくれるなと言っているのだから気落ちもするだろう。

「な、何かあったらお声掛けくださいな」

「いつでもお力になりますわ」

惜しむような言葉を残しながら、狩人のごとき令嬢たちは一人二人とその場を去って行く。

ようやく薄くなった人の壁を突き抜けて会場の端に移動したが、やはりアデルの容姿が目を惹くのか、ちらちらとこちらを窺う視線は尚も続いているようだった。

「……大人気ね」

「はは、クレアも惚れ直した？」

「まるで以前からアデルに惚れているような言い方に聞こえるけど？」

気障《きざ》な冗談に嫌味《いやみ》を返せば、アデルは楽しげな笑い声を漏らす。

そんないつも通りの彼の姿を見て、ようやく肩の力が抜ける。

彼を守ろうとしたつもりが逆に助けられてしまって、なんだか申し訳ないような心苦しいような複雑な心境だった。

「……アデル、ありがとう」

ぽつりと呟いた私の言葉に、アデルは不思議そうにこちらを覗き込む。

「なにが？」

「さっき、私を助けてくれたでしょう？」

「え？　ああ——」

私の言葉に、アデルはなんでもないかのように肩を竦めた。

「そもそも、クレアが先に僕を助けようとしてくれたでしょ」

その言葉に先程の自分の行動を思い出して、つい苦笑を漏らしてしまう。

「あれは、どちらかといえば女同士の戦いに貴方を巻き込みたくなかっただけよ」

結局自分一人で対処ができず、アデルに助けてもらったのだから、情けない一面を見せてしまっただけのように思う。

不甲斐無《ふがいな》さに肩を落とせば、アデルはふっと表情を緩めた。

「クレアの中の僕って、七年前から変わってないんだろうね」

脈絡のない呟きに、つい首を傾げる。

「どういう意味？」

「言葉のままだよ。今の僕が見えていたら、自分より大きくなった相手を庇う必要性を感じないはずなのになって」

そう言われてアデルを見てみれば、確かに立派な成人男性の姿をしているとは思う。

しかし、手を繋いで歩いた頃の可愛らしいアビーの面影があるのも事実だった。

「姿かたちが変わろうとも、姉が弟を守るのは当然のことじゃない？」

「はは。クレアのそういうところ、昔から好きだなぁ」

「お褒めに預かり光栄です」

こちらをからかっているアデルに便乗するように、冗談交じりの言葉を返す。

向かい合った私達は、どちらからともなく笑い声を漏らすと、お互いに笑い出した。

確かに、向き合うだけで見上げなければならないアデルを庇う必要性なんて、正直もうなかったのかもしれない。

しかし、見た目がどんなに立派な貴公子になっているとしても、アデルの側にいたら身体が勝手に動いてしまうのだから仕方がないだろう。

そんなことを考えていれば、不意にアデルが「ねぇ」と呟いた。

「クレアは誰かと踊ったことある？」

突拍子もない質問に顔を上げれば、アデルはじっと遠くを見つめていた。

その視線の先を辿れば、楽団が奏でる音楽に合わせて踊り始めた一組の男女の姿がある。

「ダンスなら、人並み程度にはあるわよ」

ダンスは社交の一環でもあるし、夜会に参加した経験のある御令嬢であれば、誰しも一度は誰かと踊っているだろう。

私だってデビュタントの日は父と踊ったし、それほど多いほうではないが、夜会でも何度かダンスのお誘いを受けたことはあった。

「……もしかして、私にダンス経験がないとでも思ってたの？」

「はは、念のために聞いただけだよ。ダンスを踊った相手に心惹かれて求婚状を送るっていうのが、この国の定番なんでしょ？」

「まあ、そうね。よくあるらしいわね」

ダンスホールに視線を向けているアデルの側で、空返事をしながら心の中で涙を流す。

夜会においてダンスのお誘いは挨拶のようなものであり、それを受ける受けないは本人の自由として、それほど重要視されていない。

重要なのは、ダンスを踊った相手から求婚状をもらえるかどうかだった。

――まさか、デビュタントしてから今日まで一度も縁談をもらえないなんて思わないじゃない。

悲しい事実を言い当てられたような気持ちで打ちひしがれていれば、不意にアデルの顔が目の前に現れた。

「なっなに⁉」

驚きに身体を引こうとしたものの、離れる前に彼が私の手を取る。

「ねぇ、僕にダンスを教えてよ」

「はい？」

思いもよらないお願いごとに、つい聞き返してしまう。

「ダンスを教えてって、隣国で学ばなかったの？」

同じ貴族制度のある同盟国に七年も留学していて、一度もダンスの指導がなかったというのは、俄かに信じがたい話だ。

疑いの眼差しを向ければ、アデルはどこか寂しそうにその目を伏せた。

「ダンスの指導も確かにあったんだけど、僕、人に触れられるのが嫌いだったから、実際に女性と踊ったことがないんだよね」

その言葉に、つい眉根を寄せる。

人に触れられるのが嫌いだというが、幼い頃は散々手を繋いで散策していたし、なんなら先程私の腰を引き寄せたのもアデルだった。

彼の言い分が本当なら今現在、私の手を掴んでいるのは誰なんだろうと、じっとその手を見つめる。

「……今も昔も、そんな様子なかったと思うんだけど？」

「それは相手がクレアだからだよ。昔からクレアとだったら触れ合っても平気だったから、きっとダンスも踊れるんじゃないかなと思って」

そう口にした彼は私の返答を待つことなく、ぐいぐいと手を引いてダンスフロアへと向かっていく。

その強引さに驚きながら、慌てて声を上げた。

「わ、私ダンスはそんなに得意なほうでもないわよ？」

「大丈夫、大丈夫。僕も実際踊ったことはないけど、ちゃんと見て覚えてきたから流れは把握できてるはずだよ」

「すごく不安なんだけど……」

私の弱音は、ダンスフロアの喧騒《けんそう》にかき消される。

身体を寄せ合う男女の組の間をすり抜けながら、会場中央で向かい合うように立った彼は、嬉しそうにこちらを見つめた。

その表情は、どこか締まりがなくて、やっぱり初めての夜会に浮かれていたのだと改めて実感させられる。

なんだかんだ彼も楽しみだったのだろう。せっかくの機会なのだから、アデルにいい思い出を作ってあげたいと、ふっと頬を緩ませると姿勢を正し、ドレスの裾を広げて一礼した。

それは、淑女がダンスを受け入れるときの礼儀作法だ。

「足を踏まれたら即刻踏み返すから、気を付けて踊りなさいよ？」

「善処します」

笑顔でそう告げた彼は、美しい礼を返すと恭しく私の手を取った。

お互い大げさな挨拶に笑い合うと、フロアの中心で踊り始める。

踊ったことはないと言っていたアデルだったが、彼のステップはほぼ完璧で、なんならこちらをリードする余裕すらもありそうなほどだった。

くるくると裾が広がり、会場にはドレスの花がいくつも開いていく。

ふと顔を上げれば、楽しげにこちらを見つめるアデルと目が合った。

「はは、楽しい」

独り言のようなその呟きに、自然と顔が綻ぶ。

どうせ姉弟として参加しているのだからと、回数も気にせず踊り続けた結果、帰りの馬車に乗り込む頃には、もう一歩も動けないほどに私達はくたくたに疲れ果ててしまったのだった。

＊・＊・＊

雲一つなく澄み渡った空の下には、華やかなドレスを纏ったご令嬢方が集まっている。

手入れの行き届いた庭園には多くの参加者の姿があり、その人数に圧倒されるほど、この度のベイル公爵家主催のお茶会は今までになく盛大なもののようだった。

ガーデンパーティー会場では、人々が美しい花々を愛《め》でたり旧知の知り合いとの会話に花を咲かせたりと、各々自由に心地よい時間を過ごしている。

特に話し込むような知り合いもいない私は、広い庭園を回りながら近くに咲いていた薔薇を見つけると、ふっと頬を緩めた。

少人数のお茶会の場合、次回の招待がもらえるかを気にして行動しなければいけないが、今日ほど大規模なものであればそんな心配もない。

公爵家には今年デビュタントを迎えるご息女シャノン様がいるため、このお茶会は今後の彼女の友人作りのために開かれた会なのだろう。

——ライアス陛下の婚約者候補筆頭ってところかしら。

三大公爵家の内の一つであるベイル公爵家は、以前から王妃一派と明確に距離を取っており、なにより『ディアロスの英雄』の中でも率先して主人公に味方した家門だった。

ライアス陛下が即位した時点で『ディアロスの英雄』という物語は既に結末を迎えているが、大好きだった物語に出てきた家名を前に、なんだか物語の続編が始まったようで俄然《がぜん》興味が湧いてくる。

ベイル公爵家のシャノン様は、以前どこかのお茶会でお見かけしたが、美しい白銀色の髪を靡かせた可愛らしいご令嬢だった。

戴冠式の際に見た凛々《りり》しいライアス陛下と並び立てば、前世で読んだ恋愛小説の表紙のような眩い美男美女の姿絵が仕上がるだろう。

——お二人が並ぶ姿を拝見するのが楽しみだわ。

そう遠くない未来を想像していると、不意にぐいっと肩を引かれた。

「クレア！　探していたのよ」

かけられた声に振り向けば、見慣れた姿が目に映る。

そこには、肩で息をするセレーナが立っていた。

「ごきげんようセレーナ。貴女もお茶会に招待されていたのね」

いつもと違う彼女の様子に驚きながらも、挨拶を返せば、セレーナはどこかほっと力が抜けたように肩にかかっていた黒髪をその手で払った。

「……当たり前でしょう。今回のお茶会の招待状は、年頃の令嬢がいる国内の貴族家には、ほぼほぼ届いていたみたいだもの」

「さすがセレーナ。情報通ね」

「ベイル公爵家のシャノン様は有力な王妃候補だし、きっと他の王妃候補を牽制《けんせい》するつもりでしょうね」

溜め息まじりにそう口にした彼女は、もしかしたら王妃の座を夢見ていた一人だったのかもしれない。

結婚相手によって自分の身分が決まってしまう貴族令嬢として、セレーナの反応は正しいものに違いないが、私自身はどうしても一貴族令嬢というよりも、一読者としての興味が勝っていた。

「シャノン様もライアス陛下も美しい出で立《た》ちだから、並び立てばきっとお似合いでしょうね」

ぽつりと漏らした言葉に、セレーナの鋭い視線が突き刺さる。

「クレア、この場でそういうことを口にするのはやめておきなさい。誰が聞いているかわからないんだから、敵を作ってしまうかもしれないわ」

その言葉に、慌てて口を塞いだ。

私の反応を見て肩を竦めたセレーナは、呆れるように小さく頭を振る。

「大体クレア自身も相手を探している身でしょう？　貴族令嬢として、王妃の座を目指したっておかしくないのよ？」

「いやぁ、柄じゃないと言いますか……」

「まあ、そうでしょうね。そこを狙うには野心と狡猾《こうかつ》さが足りないわ」

「ごもっともで」

セレーナの指摘に頬を掻けば、彼女は溜め息を漏らしながら近くに咲いていた黄色い薔薇を見つめて、そっとその花弁に触れた。

「……ねぇクレア、この間の夜会に弟と参加していたって本当？」

突然振られた意外な話題に、つい目を瞬かせる。

「そうだけど、誰かに聞いたの？」

大抵の夜会で遭遇するセレーナが、あの夜珍しくいなかったことは印象に残っていた。

私の問いに、彼女は一瞬何かを言《い》い淀《よど》むように口を引き結ぶ。

普段から快活で、思ったことは口にしないと気が済まないような性格のセレーナの妙な反応を不思議に思っていれば、彼女はすぐにいつもの笑顔を浮かべた。

「誰か、じゃなくて皆が噂していたわよ？　金色の髪に青い目をした美丈夫だって聞いたわ。そんな有望株をなんで私に隠してたのよ！」

ぐっと顔を近づけられて、その勢いに思わず上体をのけ反る。

「え、ええと、弟は最近留学から帰ってきたばかりで――」

「なんですって⁉　じゃあ尚更《なおさら》早くアプローチしなきゃ！　他の令嬢に先を越されちゃうじゃない！」

大げさに両手で頬を挟んだセレーナは、こほんと咳払いをすると、こちらを見上げるようにじっと見つめた。

「ねぇ、クレア。貴女の弟さんを私に紹介してくれない？」

その言葉に、どくんと心臓が跳ねた。

見たことのない柔らかなセレーナの笑顔に、妙に胸の奥が騒がしくなる。

アデルの隣にセレーナが立っている姿を想像して、なんだか置いていかれたような、取り残されたような気持ちになり、思わず胸元に手を伸ばす。

指先に触れた冷たい感触と共に、アデルがくれたネックレスがシャラリと音を立てた。

「……そういう話は、家を通してからじゃないと――」

「もう送ったし断られたわ」

こちらの言葉を遮るような冷ややかな声に、びくりと肩が跳ねる。

驚きに顔を上げれば、彼女は真剣な表情でじっとこちらを見つめていた。

「お願い。一度私と会ってもらえるように、姉の貴女から言ってもらえないかしら」

そう告げたセレーナは、そっと私の手を取って包み込む。

彼女のお願いに返事をしなければと思うのに、なぜかうまく言葉が出てこない。

動揺に早鐘を打つ心臓をなんとか落ち着けながら、引き攣りそうになる頬を抑え込み、なんとか笑顔を取り繕った。

「き、聞いてみるだけなら」

「本当⁉　ありがとう」

私の言葉に、セレーナはパッとその顔を明るくする。

「やっぱり持つべきものは友人ね！」

歓喜の声を上げた彼女は、繋いだ手をぶんぶんと振った。

その後も深く感謝を示してくれていたが、なぜか私はうまく笑い返すことができず、結局上の空のままお茶会の終わりを迎えたのだった。

＊・＊・＊

「おかえり、クレア」

帰邸したそのままの足でアデルの部屋を訪ねれば、彼は長椅子に座ったまま、本を片手にひらひらと手を振って見せた。

「ただいま帰りました」

先日の貴公子っぷりはどこに行ったのかと思いながらも、普段通りの彼の様子に幾分か肩から力が抜ける。

「遅かったね。お茶会だから日が沈む前には帰ってくると思ってた」

アデルが指差した窓の外には、紺色に染まった空に細い月が昇っていた。

「大規模なお茶会だったから、帰りのご挨拶にも時間がかかったのよ」

「ふぅん」

自分から聞いたにもかかわらず、興味があるのかないのかわからないような気のない返事を口にしたアデルは、そのまま視線を本に落とした。

確かに帰りの挨拶にも時間はかかったが、正直に言えば、セレーナのお願いが引っ掛かって真っ直ぐ邸に帰る気になれず、しばらく馬車で遠回りしてもらっていたことが、帰りが遅くなった本当の原因だった。

そんな理由を口にする気にはなれず、つい黙り込んでいれば、小さな溜め息が耳に届く。

「……まあ、クレアも年頃なんだし子爵夫妻も心配するだろうから、あんまり遅くならないほうがいいんじゃない？」

そう告げたアデルは、ちらりとこちらを一瞥《いちべつ》すると、再び本に視線を戻した。

「以後、気を付けます」

アデルからのお小言に反省の言葉を返せば、彼は「ん」と短く返事をすると、そのまま本を読み進め始めた。

そんな姿を見て、もう三週間後には自身のお披露目が迫っているというのに、自室でゆっくり読書だなんて、随分と余裕があるように感じてしまう。

ただ、その様子もアデル・マディスとして最後の自由時間を過ごしているのだと考えれば、今この時を大切にしてほしいという気持ちも湧いてきた。

――第二王子の立場に戻ったら、もうこんな時間は過ごせないかもしれないものね。

アデルが元の身分に戻ってしまえば、一子爵令嬢である私とは、もう言葉を交わす機会もなくなってしまうだろう。

そう考えれば、日中のセレーナのお願いごとは、アデルが弟としてこの邸にいる今しか伝えることができないことに気付く。

「あ、あの！」

突然声を上げた私に、アデルはその片眉をピクリと吊り上げた。

「……なに？」

訝しげな視線を向けられて、反射的に肩を窄めてしまう。

「アデル、今少しだけ時間いいかしら」

続けた言葉に彼は小さく溜め息を漏らすと、手にしていた本を閉じて膝の上に乗せた。

「なに、改まった話？」

「そういうわけじゃないんだけど……」

何から切り出せばと口籠もった私を見かねたのか、アデルはこちらに手招きをすると、とんとんと長椅子の隣を叩く。

その動きを前に一瞬躊躇するものの、おずおずと一歩を踏み出すと、彼の座っていた長椅子の隣に腰を下ろした。

私が座ったのを確認すると、彼は膝に乗せていた分厚い本をテーブルへと移す。

近くで見れば、それは我が国の貴族名鑑《めいかん》であり、父の書斎に保管されていたものだと気付く。

「貴族名鑑を読んでいたの？」

「課題だよ。遠方の夜会の出席でマディス子爵夫妻が明日まで帰ってこられないから、それまでに国内の主要貴族を覚えるようにって言われて渡されたんだ」

うんざりした様子で肩を竦める彼に、先程自由時間だなどと想像していたことを反省しつつも、つい顔が緩んでしまった。

「ふふ、第二王子が貴族の顔をわからないと困るものね」

「わかってるよ」

不貞腐《ふてくさ》れたようなアデルの返答に笑い声を漏らせば、不意に身を屈めた彼が、こちらを覗き込む。

「それで？　僕になにか話があるんだよね？」

真っ直ぐこちらを見つめる相手を前に、今更ながら緊張に身体が強張った。

セレーナのお願いのためにアデルと話さなければと思い至ったものの、一度断った申し出を再度打診することは、彼の気持ちを蔑ろにするような行為に思えて、どうにもうまく言葉が出てこない。

──せめてアデルに好意を寄せる相手でもいれば断りやすいんだろうけど。

ふと浮かんだ疑問に、ちらりと相手の様子を窺った。

「……アデルは、気になっている相手とかいないの？」

私の質問に、アデルは目を瞬くと、訝しげな視線をこちらに向ける。

「なんで突然そんなこと聞くの？」

「それは、その……」

質問を返されて、思わず言い淀む。

『アデルに想い人がいれば、セレーナのお願いを断る理由になると思ったから』

そう言えばいいはずなのに、彼が、どんな反応を見せるかが怖くてうまく言葉がでてこなかった。

彼女のお願いを断りきれなかった自分の自業自得だと反省しながらも、ぎゅっと拳を握りしめて言葉を続ける。

「……今日のお茶会で、付き合いの長い友人からアデルを紹介してほしいと言われてしまったの」

私の言葉に、アデルはあからさまに大きな溜息を吐いた。

「そういう話は、家を通してもらうように言ってくれたらいいよ」

「も、もう子爵家宛に連絡をして断られたらしいの。だから、私からも話してもらえないかって言われてしまって――」

「話す？　何を？」

射るような眼差しに、びくりと肩が揺れてしまう。

確かにアデルの言うとおり、私は一体何を彼と話すつもりだったのだろう。

セレーナと会ってもらえないかと私から言ったところで、本当の弟でもない彼には、私に従う義理も義務もない。

私にできることは、アデルの気持ちを汲《く》んで、それを彼女に伝える伝書鳩《でんしょばと》になることくらいだった。

「その、アデルの気持ちとかを、教えてもらえないかなと」

もしアデルが本当に嫌がっているのならば、私からセレーナにはっきりと断りを入れるべきだろう。

どことなく後ろめたい気持ちでそう口にすれば、隣から乾いた笑いが耳に届いた。

「はは、僕の気持ち？　それをクレアが聞くんだ」

左右非対称にその顔を歪めた彼は、顔を覆って深い溜め息を吐く。

「アデル……？」

名前を呼べば、彼は小さく頭を振った。

こちらを拒絶するようなその仕草に、申し訳なさが込み上げてくる。

「あの、不快な思いをさせてしまったのなら本当にごめんなさい。もちろん友人に言われたからといって、アデルに無理強いするつもりはなかったの。この質問も、貴方の気持ちを教えてもらえたら、私から彼女に伝えようかと――」

「クレアが、自分で？」

不意に顔を上げた彼が、じっとこちらを見つめる。

「え、ええ」

相槌を打てば、しばらく黙り込んでいたアデルは、ゆっくりと顔を覆っていた手を外すと、ふっとその顔を緩めた。

「じゃあ僕の気持ち、教えてあげる」

そう口にした彼は、その手を私の膝の上に乗せる。

突然の接触に驚いていれば、次の瞬間、目の前に相手の顔が覗いた。

「僕が好きなのは、クレアだよ」

はっきりそう告げた彼は、薄水色の瞳を静かに細める。

耳に届いた彼の発言を理解する前に、彼の手が頬に触れ、その唇が額に寄せられた。

突然降ってきた柔らかな感触に、カッと顔が熱くなる。

「あ、ありがとう。私もアデルのことは大好きよ」

気恥ずかしさに狼狽《うろた》えながら、口籠もるようにお礼を告げた。

――額への口付けは、親愛の証よね⁉

彼の言葉をどう受け止めていいのかわからず混乱していれば、不意に顎を掴まれ、ぐいっと上向かされる。

見上げた先には、じっとこちらを見下ろすアデルの双眸《そうぼう》があった。

「僕の好きは、家族としての気持ちじゃないよ」

その言葉に目を見開けば、彼がふっとその目を細めた。

「僕はクレアのことを、一人の女性として愛してるんだ」

ゆっくりと、はっきりと言い聞かせるように告げられたアデルの言葉に、じわじわと全身が熱くなっていく。

「部屋に閉じこもっていた僕を訪ねてきてくれたクレアが、救いの手を差し伸べてくれたとき、女神様が来たって思った」

驚きに目を瞠っている私を見たアデルは、くしゃりとその顔を歪めた。

「でも一緒に過ごしてたら、クレアは女神様じゃなくて、ただの女の子なんだってすぐに気付いたよ」

彼の指が、私の頬を撫でる。

「不器用でお人よしで、自分だって頼りないくせにやたらと僕を庇おうとする。そんなクレアの側にいると楽しくて幸せで目が離せなかった」

彼の親指が私の唇に触れた。

「僕はクレアに、生まれて初めての恋をしたんだ」

その言葉に目を見開けば、彼は小さく笑うと、再び私の額に口付けを落とす。

耳元で低く囁いたアデルの声を聞いた瞬間、胸が高鳴ると同時に、締め付けられるように心が苦しくなった。

アデルの気持ちは、正直嬉しい。

人生初めて異性からの好意を向けられたことに舞い上がらないはずがない。

しかし、浮かれてしまいそうな気持ちと同時に、押し潰されそうな罪悪感が沸き上がってきていた。

——私が、シナリオを変えてしまったせいだわ。

アデルが口にした私の行動は、全て身に覚えがある。

しかし、それらは全て私が自発的に起こしたものではなく、前世の記憶をもとに、物語を変えようと作為的に起こしていた行動だった。

私が彼に声を掛けたのも邸の中を引っ張り回したのも、隣国への留学を勧めたのも、全ては彼に内戦を起こさせないためだ。

国を憎まないよう第一王子に憎悪を抱かないよう、彼が寂しくないように構い、不安に思わないように守ってきたのも、全て自分のためだった。

内戦を起こしたくないからという理由だけで、私は彼の人生に大きく干渉してしまっていた。

前世の記憶を使って彼の気持ちを操作したかもしれない私が、そんな彼の好意を受け取っていいはずがない。

「アデル」

震えそうになる声を、なんとか絞り出す。

「落ち着いて聞いてほしいの」

「僕は今も落ち着いてるけど」

私の声に眉を顰めるアデルを見上げながら、ゆっくりと口を開いた。

「アデルの気持ちは、とても嬉しいわ。でも、その……アデルが私に対して抱いている感情は、居心地がいいから私の側にいたいだとか、安心できる場所だからそれを手放したくないだとか、そういった感情なんじゃないかしら？」

探るような言葉を並び立てて、つい視線を下げてしまう。

『ディアロスの英雄』の悲劇を起こさないように、これまで彼に対して、できるだけ嫌われないよう、彼にとって過ごしやすいように行動してきた。

だからこそ、彼が私の言ったような感覚で好意を抱いてくれているのであれば、私は完全に前世の記憶を利用して彼の気持ちを得たことになる。

「そうだとして、それの何が悪いの？」

真っ直ぐこちらを見つめながら告げられた言葉に、心の内側が凍っていくのを感じた。

――やっぱり、そうよね。

王城で冷遇されていたアデルにとって、私は母親以外で初めて親切に接した異性だったかもしれない。

彼の悩みを理解し、それを埋めるような行動ができたのは、前世の記憶があったからだ。

――私は、前世の記憶を利用してアデルの気持ちを捻《ね》じ曲《ま》げてしまったんだわ。

もしかしたら、アデルには本当に結ばれるべき相手がいたのかもしれない。

それを私が前世の記憶を利用して、彼の弱い部分に付け込んで寂しさを埋めるような行動をとったせいで、自分に好意を向けてしまった。

――完全な卑怯者じゃない。

申し訳なさに唇を噛みながら視線を落とす。

私には、自分の都合のいいシナリオ改編で生まれた好感情を、そのまま受け取る勇気はなかった。

ぐっと拳を握りしめると、眉根を寄せる相手を見上げて、優しく語りかける。

「……今までのアデルには守ってくれる誰かが必要だったのかもしれないけれど、今はこんなにも逞しくかっこよく成長して帰ってきたんだもの。もう、そういう相手は必要ないんじゃないかしら」

自分の身を守るために相手にすり寄ることは、時に処世術として必要なこともあると思う。

しかし、それをわざわざ恋愛感情にすり替える必要はないはずだ。

「なにそれ、別に僕はクレアに守ってもらいたいとは思ってないよ」

呆れるようなその言葉に、ふと先日の夜会での出来事を思い出して苦笑が漏れた。

「確かに、この間だってアデルは自分でご令嬢方を追い払ってしまったものね」

あのとき周囲の令嬢達を蹴散らしてくれたアデルを思い出せば、もう既に立場は逆転していることを実感する。

「成長した貴方には、これからはたくさんの出会いがあると思うの。いつまでも過去の記憶に囚われていないで、新しい出会いに目を向けて、いつかアデルが守りたいと思う相手と――」

「僕が守りたいのはクレアだけだよ」

私の言葉を遮った彼は、射抜くような視線をこちらに向けていた。

頑《かたく》なな眼差しを前に戸惑いながらも、どこか不安そうなその表情に、ふっと笑みを溢す。

「貴方は私の『家族』なんだから、別の関係にならなくても、これからも私達の縁が切れることはないのよ？」

そう微笑みかけた私に、アデルはぐっと額を近づけた。

「『家族』ってなに？　この前話したけど、僕達は赤の他人だよ」

その低い声と温度を失った表情に、冷や水をかけられたような心地になった。

「それに縁が切れることはないって言っても、クレアが他の奴に掻《か》っ攫《さら》われる可能性だってあるでしょ」

こちらを見下ろす薄青色の瞳の中に、燻《くすぶ》るような妖しい光がゆらゆらと揺れている。

「家族なんて曖昧な関係のままだとクレアを僕だけのものにできない。僕はクレアの一番でいたいし、クレアを独占して自分だけのものにして、誰の目も触れないところに閉じ込めてずっと一緒にいたいんだ。そういうのは、姉弟の感情じゃないでしょう？」

アデルの発言に驚きながらも、まるで追い詰められているような彼の様子に、つい宥《なだ》めるように手を伸ばしてしまう。

「アデルの気持ちは嬉しいわ。でも、貴方は私以外の女性と関わってこなかったから――」

「クレアは、どうして僕の気持ちを否定しようとするの？」

そう口にしたアデルは、くしゃりとその顔を歪めると、私の手を掴んで泣きそうな表情を浮かべた。

「アデ――」

「もういい」

その声は、二人だけの部屋に低く響く。

「マディス子爵には時間をかけるように言われてたけど、もう待てないよ」

驚く間もなく、視界が彼で埋め尽くされた。

長椅子に押し倒され、圧《お》し掛かかってきたアデルを見上げた状態で、呆然と目を瞬く。

「言葉で理解してもらえないなら、身体で理解して」

そう告げられると同時に、唇に柔らかなものが触れた。

それが口付けだと気付いたのは、ゆっくりと離れていく彼の顔が目前に映ってからだった。

驚きのまま固まっていれば、目の前の彼が切なげにその瞳を細める。

「僕は、ずっとクレアのことが好きだった」

そう告げたアデルは、指先でゆっくりと私の頬を撫でた。

「本当はクレアが僕を意識してくれるまで待つつもりだった。けど、どうしてもわかってくれないなら行動で示すしかないよね」

不穏な言葉に、嫌な予感が膨らんでくる。

「あ、あの――」

上げようとした声は、重ねられた唇によって遮られた。

「んぅっ⁉」

思いもよらない事態に頭が真っ白になりながらも、あまりの近さに慌てて目を閉じれば視界が遮られ、自然と触れている唇の感触に意識が集中してしまう。

両手を拘束され、一方的に押さえつけられているにもかかわらず、その口付けは優しく、私の緊張を解すように唇を食《は》み、舌先はゆっくりと唇の隙間をなぞっていく。

「クレアは僕の感情を否定したがってるみたいだけど、そんな簡単に諦められないよ」

耳元で低く囁いたアデルの声に、ぞくりと何かが背中を走った。

「七年離れても想いを消せなかったんだ。ずっと想ってた相手から、その気持ちは恋愛感情じゃないって決めつけられる僕の気持ち、クレアに想像できる？」

そう口にした彼の手が、足元に伸びる。

ドレスの裾をたくし上げた彼の指先が、太腿《ふともも》に触れた瞬間、びくりと身体が跳ねた。

そんな私の反応を見て、アデルは静かにその目を細める。

「……嫌なら蹴り飛ばして」

そう小さく呟くと、私に覆いかぶさりながら首筋に顔を埋めた。

「男女の差があったって、鳩尾《みぞおち》や急所を狙われたらひとたまりもないよ。クレアに嫌われたくないし、本当に嫌ならはっきり断ってくれていいから」

そう口にした彼は、首筋に強く吸い付く。

「んっ――」

強く吸い付かれる感覚に、引き攣《つ》れるような痛みを感じた。

「はは、こんな簡単に痕がつくんだ」

その声にカッと全身が熱くなる。

何も言い返せないまま口をぱくぱくと動かしていれば、アデルは首筋から肩口、そして胸元へと、まるで所有印を刻むように次々と口付けを落としていく。

どんどんと際どい所へと進んでいく口付けに、内心の焦りが大きくなった。

なんとかこの状況を回避しなければと思うのに、経験のない事態に頭が真っ白になり、ただただ固まってしまう。

戸惑っているうちに、アデルの手が背後にまわり、ドレスを締めていた紐《ひも》を緩ませた。

胸元が緩み、ひんやりとした空気が肌に触れた瞬間、ようやく我に返る。

――これはまずいのでは⁉

貴族令嬢たるもの、純潔は夫に捧《ささ》げるべしとの教育を受けてきている。

子爵令嬢として、婚約者でもない男性に身体を許すわけにはいかなかった。

「あ、アデル！　これ以上は――」

「嫌なら態度で示して」

「嫌ってわけじゃ――」

好き嫌いの話ではなく、貴族令嬢としての節度の話だ。

「僕を拒否したいなら、いくらでも殴ってくれていいし、蹴り飛ばしてもらって構わない」

「そんなアデルを傷つけるような真似はできな――」

最後まで言い終わらないうちに、私の頬を掴んだアデルに性急に口付けられる。

口を塞がれ、唇の間から熱い舌が差し込まれると、貪るように口付けを深められた。

「んっ、ぅ――⁉」

驚きに目を見開けば、彼の舌先が上顎をなぞる。

それだけなのに、ぞわぞわと肌が粟立ち身体が熱を帯びていく。

差し込まれた彼の舌が、縮こまった私の舌先に触れた。

まるで獲物を見つけたかのように舌を絡められると、じゅっと音を立てて吸い付かれ、その刺激に開いた口端からくぐもった吐息が漏れる。

まるで甘い蜜の中に沈められているような感覚に、ぼんやりと相手を見上げれば、ふとこちらを見つめた彼が小さく笑ったのが見えた。

「そんな甘いこと言ってるから、僕なんかに付け込まれるんだよ」

そう低く呟いた彼は、後頭部に手を回すと再び深く舌を差し込んでくる。

舌を柔らかく吸い、歯を立てながら扱《しご》かれ、口内を蹂躙《じゅうりん》されれば、まともな思考が徐々に溶けだしていく。

考えてみれば、前世を含めても、これまで男性との色事の経験は一度もなかった。

男女の営みについて、前世では本での知識しかなく、今世では男性に全てお任せしなさいという大ざっぱな閨《ねや》教育しか受けていないために、こんなとき一体どんな反応をするのが正解なのかが全くわからない。

触れた舌先の熱に頭の芯が溶かされるかのように頭がぼおっとしてくるし、混ざり合った唾液は甘露のように甘く感じられて、つい自分から舐《な》めとってしまう。

後頭部を押さえていた手が耳に触れ、指先に窪《くぼ》みをなぞられるだけで、何かがぞくりと背中を駆け昇るような感覚を覚えた。

「っ……ん、ぅ」

唇から注がれる快感に身を委ねていれば、ふとアデルの手が私の細やかな胸の膨らみに触れる。

ドレスの上からとはいえ、明らかにその先の行為を想像させる感触に、一瞬にして冷静さが戻ってきた。

「ア、アデ――」

「嫌なら態度で示してって言ったでしょ」

そう告げながら唇で私の口を塞いだ彼は、胸の膨らみを確かめるかのようにやわやわと揉み始める。

周囲の御令嬢達よりも小ぶりな膨らみを恥じ入っていれば、表面を撫でていたその手の中で、胸の先端が徐々に感覚を増していくのがわかった。

円を描くように優しく表面を撫でられれば、布地に触れられるだけで、引き攣れるような切なさが腹の奥に走る。

「――んっ、ぅ」

零れる吐息を呑みこむように口付けを深められたかと思えば、彼の手が緩んだドレスの胸元をずるりと引《ひ》き摺《ず》り下《お》ろした。

下着ごとずり下ろされたせいで露《あら》わになった胸元には、色づいた先端がぷくりと膨れ上がり、その存在感を主張している。

立ち上がった胸の先ごと彼の大きな手に包まれれば、直接触れられた刺激に、ぞくぞくと肌の上を何かが駆け昇った。

「やっ――」

彼の指先が先端に掠めただけで、反射的に声が上がる。

慌てて唇を引き結ぶものの、零れ出た胸元に彼のひんやりとした手が触れるだけで、下腹の奥が引き攣れるように切なくなってしまう。

そんな私の反応を知ってか知らずか、胸の膨らみを揉みしだいていた彼の指先が、ぴんと立ち上がっていた胸の先端を弾いた。

「ひぁっ！」

強すぎる刺激に声が上がる。

身体を捩《ねじ》って逃げようとするも、彼の指先にとんとんと触れられるたびに、その動きに呼応するように身体が跳ねた。

理解できない自分自身の反応に混乱していれば、彼は心得たといわんばかりに、私の胸の先を弄び始める。

「あっ――ゃ、んっ」

指先で摘まれたと思ったら、次の瞬間にはまるで硝子細工を扱うかのように触れるか触れないかの位置で優しく擦られる。

もどかしい刺激に、下腹部に溜まっていく熱が行き場を求めてどろりと波を打っているのがわかった。

理性が焼き切れそうなほどの焦燥感を、短い息を吐いてなんとか逃がす。

そんな私の顔を覗いたアデルは、なぜか嬉しそうにその目を細めた。

「クレア、気持ちいい？」

そういった経験のない私には、彼の質問がどんな感覚を指すのかも心当たりがない。

「わ、わかんな――」

未知の感覚を前に、ただただ首を振ることしかできない。

身体の内側を掻き毟《むし》りたくなるような感覚を前に、膝を擦り合わせれば、彼の手が太腿の内側に触れた。

柔らかな場所を滑るように昇っていった指先は、腰元の下着の紐に触れ、あっさりとその紐を引き抜いてしまう。

驚く間もなく下着が落ちれば、露わになった秘所にアデルの指先が触れた。

その瞬間、静かな室内にくちりと卑猥《ひわい》な水音が鳴る。

「――っ⁉」

女性が快感を得ると秘所が潤むことくらい、前世の知識で当然のように知っていた。

今の音が、自身が快感を得ていたことの証明であることに気付けば、羞恥心から身体中の血が沸騰するかのように熱くなる。

更には、それをアデルに聞かれたということがあまりに恥ずかしくて、ただただ首を横に振って否定を示すことしかできなかった。

「あ、アデル違うの」

「違う？　なんのこと？」

にこやかな笑みを浮かべた彼は、秘所に触れていた指先で蜜を捏《こ》ねはじめる。

「んっ……あ、あの」

「ああ、溢れてばかりだともったいないから栓をしておこうか」

そう口にすると、アデルは指先をぐっと内側へ押し入れた。

「ひっ――」

閉じていた場所を無理やり抉《こ》じ開《あ》けられるような圧迫感。

愛液を纏った指先が、入り口を擦り解そうとしている感覚に、思わず喉から声が漏れた。

咄嗟《とっさ》にアデルを見上げても、彼はただただ嬉しそうに微笑んでいるだけだ。

「僕に触れられてクレアが乱れてるなんて、本当に夢みたいだ。これから少しずつ指を増やして慣らしていくね」

そう口にした彼は蜜を纏わせると、肉壁を擦るように二本の指をナカへと押し入れていく。

「っ――んぅっ！」

反射的に口を手で塞いで、零れそうになった声を抑えた。

経験のない私だって、指で慣らさなければ、更に大きな男性のモノが入らないことくらい理解している。

ただ、そう理解をしていても、これまで固く閉じていた場所は簡単に緩むはずもなく、数本の指でさえ息の仕方を忘れるほどの圧迫感だった。

「息詰めないで」

耳元で囁かれる声に、ぞくりと肌が泡立つ。

「短く吐いて、力抜いて」

アデルの声に従って、口元を押さえつつも、どうにか短く息を吐く。

喘《あえ》ぐような吐息を溢しながら救いを求めるように相手を見上げれば、目が合ったアデルは柔らかく微笑むと、額に触れるだけの口付けを落とした。

「ここだけだと苦しそうだから、他のところに意識を向けようか」

その言葉の意味がわからず目を瞬いていると、零れた蜜を纏った彼の親指が、襞《ひだ》を分けながら恥丘の谷を昇っていく。

指先が膨れ上がっていた部分に辿りついた瞬間、その指の腹がぐりっと花芯を強く押し潰した。

「ひぁっ⁉︎」

突然の刺激に、びくりと身体が撓《しな》る。

強すぎる快感にちかちかと星が飛ぶような視界に驚いていれば、私の反応を見た彼は嬉しそうに目尻を下げた。

「はは、クレアすごい良い反応」

そう呟くと、更にたっぷりと蜜を纏わせて、花芯をカリカリと引《ひ》っ掻《か》きはじめる。

同時に秘所に突き立てた指をぐちぐちと動かされれば、何かに追い立てられるように身体の内側に熱が籠っていった。

「やっ……んっ！　は――ぁっ」

下腹の奥で、もどかしい熱が渦巻きはじめているような感覚に、どうしていいかわからなくなる。

縋るように手を伸ばせば、アデルは嬉しそうにその頬を緩めた。

「大丈夫、そのまま僕に身を委ねて」

私の手を掬《すく》い上《あ》げて口付けた彼は、そのまま胸元に顔を埋めると、その口に胸の先を含んだ。

「あぁっ！」

新たな刺激に、身体が跳ねる。

胸の先端に吸い付かれ、舌先で捏ねられ転がされるたびに、びくびくと身体が撓《しな》った。

下腹部から走る快感に責め立てられ、胸元から与えられる快感に、頭の中が真っ白になる。

それぞれ未知の感覚だったものが、私を追い立てるように背中を駆け昇り、大きな快楽の波となって私を呑みこんでいく。

「や――ぁ、あぁぁっ！」

身体を突き抜けていく快感に全身が震えた次の瞬間、どっと全身の力が抜けた。

肩で息をしながら、星が飛ぶような視界をぼんやりと眺める。

――今のって、もしかして……。

信じられないような心地で呆然としていれば、こちらを覗いたアデルがはにかむような笑みを浮かべた。

「クレア、僕の手で達してくれたんだ」

その言葉に羞恥でカッと顔面が熱くなりながらも、あまりに嬉しそうなアデルの様子に、口をパクパクと動かすことしかできない。

「ここまで拒否しなかったんだから、いいよね？」

独り言のようにそう口にした彼は、私の膝裏を持ち上げると、太腿の内側に口付けを落とした。

達したばかりで身体に力が入らない私の脚を持ち上げた彼は、覆いかぶさるように上に圧し掛かってくる。

脚の間に身体を入れたと思えば、いつのまに寛《くつろ》げていたのか、彼の屹立《きつりつ》が私の秘所にあてがわれた。

その熱さに息を呑めば、向かい合う彼が眉根を寄せて切なげに囁く。

「ごめん。少し痛むと思う」

その言葉の意味を理解する前に、熱を孕《はら》んだモノがぐっと押し付けられ、そのままメリメリと内側を押し広げていく。

「ひっ⁉　っ、……くっ」

あまりの圧迫感に息を詰めていれば、彼の手に腰を引き寄せられて更に奥へと突き上げられた。

「あぁっ！」

身体の内側を埋め尽くされる感覚に、思わず身体が反り返る。

指とは明らかに違う質量のソレが、肉壁を拓《ひら》き、私のナカをこじ開けていた。

短く息を吐いてなんとか内側を拓かれる痛みを逃していれば、不意にアデルの手が私の腰を掴んだ。

「クレア、逃げないで」

低くそう呟いたアデルは、ナカを貫く熱棒を更にぐぐっと奥に押し入れる。

その圧迫感に息を詰めれば、ふと前髪に触れられる感触に視線を上げた。

見上げた先には、眉尻を下げ、今にも泣き出しそうな顔で笑うアデルの姿が映る。

「やっと、クレアと繋がれた」

熱い吐息と共に零れたその言葉に、ぎゅっと胸の奥が締め付けられる。

こちらに向けられた熱を孕んだ眼差しに、思わず目を瞠った。

「痛むよね、ごめん」

申し訳なさそうにくしゃりと顔を歪めるアデルを前に、反射的に首を振って否定を示せば、彼は困ったような笑みを浮かべる。

「クレアはそうやって、いつも相手の気持ちを優先するよね」

思いもよらないその言葉に目を瞬けば、顔を寄せた彼がそっと耳元に唇を寄せた。

「誰にでも優しいクレアが、誰かに取られてしまわないか、ずっと心配だったんだ」

腰に響くような低い声に身体を震わせた瞬間、ずるりと引き抜かれたモノが、切っ先から根元まで再びぐぷりとねじ込まれた。

「あぁぁっ！」

身体ごと突き上げられるような感覚に、視界にちかちかと星が舞う。

突如始まった激しい抽送に、声を抑える余裕もなく、彼のモノに押し上げられるたびに意味のない嬌声《きょうせい》が口から漏れた。

「あっ！　ゃ、ぁ——やぁっ！」

ずんずんと激しく突き上げられるたびに、下腹部に切ないような痺《しび》れが走る。

腰を押さえつけられたまま、全身を揺さぶるほどに打ち付けられると、肌と肌とがぶつかり合う音が室内に響いた。

絶え間なくあがる嬌声の間に、懇願するように私の名前を呼ぶアデルの声が、微かに耳に届く。

何かに縋りたくて彼に手を伸ばそうとしたとき、不意に両脚を肩にかけられて身体を折りたたまれた。

ぐっと上から押し潰された次の直後、彼の剛直がずぷりと最奥を抉《えぐ》る。

「ひっ——」

内臓を突き上げられるような感覚に、生理的な涙が滲《にじ》んだ。

その感覚に驚く間もなく、全身を突き上げるような激しい抽送が始まる。

「ひぁっ！　あ、は……あんっ、ぁ――やっ！」

肉壁を抉る熱棒が内側を出入りするたびに、吐息と共に意味を持たない嬌声が絶えず咽喉《のど》を吐いて出る。

「やっ、ぁ……はっ、あぁっ！」

達したばかりの身体は、熟した果実のようにどろどろとした熱を下腹部に灯《とも》らせていた。

腰を掴まれ、激しく穿《うが》たれるたびに、電流が走るような快感が身体を駆け巡る。

「――っ、ああ……クレアっ」

譫言《うわごと》のように私の名前を呟くアデルの声が聞こえる。

身体を突き上げる剛直に揺さぶられ、注がれる快感に半ば朦朧《もうろう》とし始めていた頃、一層激しく奥に突き入れられた直後に内側にじんわりと広がる熱を感じた。

ぶるりと身体を震わせた相手を見て、彼が達したことを察する。

人生初の経験を無事終えたのだろうという安心感なのか、それに気付いた直後には、肩の力が抜けてぐったりとソファに沈み込んでしまった。

そんな私の手を掬い上げた彼は、その甲に唇を寄せる。

身体に力が入らないまま、ただただその行動をぼんやりと見つめていれば、アデルは目を伏せたまま、ぽつりと独り言のように声を溢した。

「ちゃんと、責任はとるから」

アデルは瞳を伏せたまま、私の手を頬にすり寄せる。

「クレアに好きになってもらえるよう、努力するから」

どこか震えているようなその声音に目を瞬けば、切なげに細められた薄青色の瞳がこちらを見つめた。

「だからどうか、僕のことを好きになって」

そう口にしたアデルは、私の手のひらに顔を埋めて口付けを落とす。

懇願するような彼の言葉に応えたくて、おぼろげな意識のまま、微かに指先を動かした。

苦しそうなアデルをなんとかしてあげたいと思いながらも、初めての行為を終えた私の身体は限界だったのか、僅かに彼の手を握り返したのを最後に、あっさりと意識を呑みこまれてしまったのだった。

第三章　不穏の欠片《かけら》

雲一つない青空、窓から吹き込んでくる爽やかな風。

朝日の差し込む食事室に座っていた人物は、こちらに気付くと眩《まばゆ》い笑みを浮かべた。

「おはよう、クレア」

「お、おはよう。アデル」

私の存在を認めるとすぐに扉の前まで駆け寄って来た彼は、席までの短い距離をエスコートしようと手を差し伸べてくる。

そんな私達を、両親はなんとも微笑ましげに見守っていた。

「あの、そんなに気を使わなくても……」

「僕がしたいだけだから」

遠まわしな断り文句も爽やかに躱《かわ》されてしまえば、他に打つ手はない。

彼に手を引かれて席に向かいながら、ぼんやりと数日前の朝のことを思い返していた。

アデルに気持ちを打ち明けられたあの夜、行為の直後に気を失った私は、気付けば自室で朝を迎えていた。

清められた身体に、いつものナイトドレス。

視界に広がったいつも通りの光景に、もしかして昨日の出来事は夢だったのかもしれないと起き上がろうとした瞬間、ベッド脇で椅子に腰かけたまま寝ているアデルの姿を見つけて声を上げそうになった。

——夢じゃなかった……!?

一連の出来事が現実だったことを自覚すると、じわじわと顔が熱を帯び始める。

アデルに押し倒され、口付けられ、誰にも許したことのない場所を拓かれた一連の出来事を思い出せば、カッと身体中が熱くなった。

何度も拒んでいいと言われたはずなのに、貴族女性として拒むべきだと理解していたのに、結局何の抵抗もできなかったことに自分のことながら困惑してしまう。

口付けられても、身体の自由を奪われても、彼に対する嫌悪感は一切湧いてこなかった。

彼の告白に戸惑い、押し倒されたことに驚きつつも、勢いのまま流された。

『ちゃんと責任とるから』

『クレアに好きになってもらえるよう、努力するから』

『だからどうか、僕のことを好きになって』

昨夜、意識を手放す前にアデルが呟いていた言葉が脳裏を過ぎる。

霞《かす》む視界の中で切なげに眉根を寄せた彼の表情を思い出せば、その想いを受け止める覚悟もないまま昨夜の行為を受け入れたことに、今更ながら罪悪感が込み上げてきた。

——貴族令嬢としても大失態だわ。

純潔を失ってしまった私は、令嬢としての価値を失ってしまったも同然だ。

これから先ずっとこの秘密を隠し通すか、アデルとの将来を検討するか、二つに一つの事態に頭を悩ませていれば、ふと視線を感じて顔を上げる。

視線を向けた先には、いつ目覚めたのか、椅子に腰を掛けたままじっとこちらを見つめるアデルの姿があった。

「おはよう、クレア」

にこやかな笑みを向けられて、つい緊張から顔が強張る。

「お、おはよう」

「身体は大丈夫？　痛みとか違和感が残ってない？」

唐突な気遣いの言葉に、昨夜の行為がまざまざと蘇ってきて、瞬時に顔が熱くなる。

羞恥心から顔に集まる熱を冷ますように手で押さえると、どことなく落ち着かないまま視線を彷徨わせた。

「だ、大丈夫よ。昔から頑丈だって言われてきたもの」

「そう？　誰にそう言われたのか知らないけど、僕はクレアを大事にしたいだけだから、心配くらいさせて？」

歯の浮くような台詞《せりふ》を口にしながら私の手をとると、その甲に口付けを落とすアデル。

その流れるような動作を、言葉を失ったまま呆然と見つめてしまった。

「あ、アデル……？」

「なに？」

どこか満たされたような余裕ある彼の姿に、困惑したまま目を瞬く。

「な、なんだか人が変わったように感じるんだけど……？」

これまでのアデルは正直、素直とは言い難《がた》く、貴族としての品の良さは残っているものの、その発言や態度には少年らしさが垣間《かいま》見えていた。

そんな彼が、突然蜂蜜に砂糖を振りかけたような甘い台詞を口にしはじめたのだから、驚くなというほうが難しい。

視線を彷徨わせる私を見て、アデルはふっと笑みを溢すと、触れていた私の手に頬をすり寄せた。

「クレアへの想いを我慢する必要がなくなったんだから当然でしょ？　自分の気持ちを伝えたなら、もうあとはクレアに好かれるよう努力をするしかないんだから」

至極当然のように答える相手の姿に、じわじわと頬が熱を帯び始める。

――結局アデルは、私のことをそういう意味で好きだったってことよね……？

やることをやったあとで今更何を気にしているのかと思いつつも、目の前の美しい彼が自分に想いを寄せてくれているなんて、あまりに現実味がなさすぎて事態をうまく呑みこめなかった。

呆然としている私を見てどう思ったのか、ふっと微笑んだ彼は腰を浮かせてこちらを覗き込む。

「それに――」

目の前でそう呟いた彼は、すっとその目を細めた。

「こういう甘い台詞、クレア大好きでしょう？」

その言葉に目を見開くと同時に、顔面がカッと熱くなる。

「なっ――」

「クレアお気に入りの恋愛小説の内容は全部頭に入ってるし、恋人同士だったら憧れるって言ってたでしょ？」

「――!?」

言葉にならない叫びを上げる私を前に、アデルはおかしそうにくっと笑い声を上げた。

「戴冠式の日までには、絶対にその気にさせるから楽しみにしてて」

口をパクパクしていた私に、彼は片目を瞑って見せる。

「そ、その気って……？」

「あはは、覚悟しといてってこと」

そう口にした彼は、自然に私の頬に唇を寄せた。

柔らかな感触に、昨夜の出来事を思い出して、再び顔に熱が集まっていく。

そんな私を見て、アデルは楽しそうな笑い声を上げると、ひらひらと手を振りながら私の部屋を去って行ったのだった。

その日から既に一週間、アデルはまるで人が変わったように、貴族男性の鑑のような求愛行動をとっていた。

「ああ、クレア今日贈った薔薇、部屋に飾ってくれた？」

「え、ええ、もちろんよ。ありがとう」

毎日一本ずつ渡されている深紅の薔薇も、今日で七本目だ。

「ふふ、昔一緒に花言葉の勉強したよね。深紅の薔薇の花言葉、覚えてる？」

「……『愛』と『情熱』？」

「そうそう。僕のクレアへの気持ちにぴったり」

嬉しそうに目尻を下げる彼を見て、じわじわと頬を火照らせながら何ともむず痒《がゆ》い心地になってしまう。

毎朝欠かさず朝の挨拶と共に現れる彼は、薔薇と口付けをくれるのが日課になっていた。

邸内で顔を合わせるたびに嬉しそうに駆け寄ってくるし、どんな細やかな段差でもエスコートしようと手を差し出してくれる。

邸の使用人達は、アデルの変化に頭でも打ったのかと驚いているようだったが、両親だけはどうも様子が違っていた。

先に食事室の席で待っていた両親の様子を窺い見て、零れそうになる溜め息を呑みこむ。

――アデルがお父様達にどう説明しているのか、怖くて聞けないわ。

さすがにあの日のこと全ては話していないだろうが、二人の様子を見る限り、薄っすらと事情は伝わっているのだろう。

詳細を聞く勇気が出ないまま、自分の席に腰を下ろした。

エスコートを終えたアデルが席に着けば、いつもの和やかな朝食がはじまるのだった。

＊・＊・＊

「んっ……ぅ」

「息詰めないで、力抜いて」

薄暗い室内のベッドの上で、宥めるようなアデルの声が耳に届く。

私の片脚を肩にかけた彼は、蜜を掬《すく》った指先で快感に芯を得た突起をぐりっと押し潰した。

「んんぅっ」

「声は押さえてたほうがいいよ。誰かに聞かれたら困るでしょ？」

その言葉に、慌てて自分の口元を押さえる。

とっくに寝たはずの私の部屋から、あられもない声が漏れでもしてしまったら、明日から周囲に会わせる顔もなくなってしまう。

顔を青褪めさせた私を見て、アデルはなぜか嬉しそうにその目を細めた。

「しっかり口元押さえててね」

そう口にした彼は、秘所にあてがっていた熱棒で躊躇なく私を貫いた。

「んん――っ‼」

口元を強く抑えて、必死に声を殺す。

「ああ、クレアのナカは、相変わらず狭いね」

そう口にした彼は、根元まで沈めたモノでぐちゅぐちゅと掻《か》き回《まわ》す。

「やっ――」

身に着けていたナイトドレスの裾は捲《めく》り上がり、彼の手によって広げられた胸元からは、こぼれた胸の膨らみが突き上げられるたびに上下に揺れる。

穿つような律動が始まると同時に、上体を低くした彼に色づいた胸の先端に吸い付かれると、ビクンと身体が跳ねた。

舌先でぴちゃぴちゃと捏ねられるたびに痺れるような感覚が背中を走り、彼のモノをきゅうきゅうと締め付けてしまう。

「あっ――ぁ、っ……んっ！」

唇を噛みながら必死に声を抑える。

「ああ、クレア。あまり強く唇を噛むと傷になるよ」

その声と同時に、彼の指が唇を割って侵入してくる。

「んぅっ⁉」

「噛むなら僕の指を噛んで」

そう口にした彼は、指先で私の舌先を捉えると、感触を確かめるようにやわやわと触りはじめた。

「ぁ、アデ……っ」

閉じることのできなくなった口端から漏れた声に、アデルはふっと嬉しそうに頬を緩める。

「名前を呼んでもらえるの、嬉しいな」

目尻を下げて蕩《とろ》けるような笑顔を浮かべた彼は、口から引き抜いた手で私の腰をぐっと掴むと、一層激しく突き上げ始めた。

「っ、ん……ぅ、んぅっ！」

ずちゅずちゅと響く水音が、羞恥心を更に煽《あお》っていく。

身体を重ねたあの日から、約一週間。

毎夜私の部屋を訪れる彼は、その度に身体中に口付け、溺れるほどの快楽を注いでいた。

連日繰り返される淫らな行為のせいで、全身のありとあらゆる場所には、彼の赤い所有印が刻まれている。

最初は痛みしかない行為だったはずなのに、いつのまにか私の身体は、圧迫感の中にじくじくと腹の奥が疼《うず》くような快感を覚えはじめていた。

「ひっ――っ、あ……やぁっ！」

片足を持ち上げられると、淫らな水音と共に更に深くを抉られる。

枕を押し上げるほどに激しく突き上げられ、指先で花芯をぐりりと押し潰されれば、背中を駆け昇ってくる強い刺激に慌てて唇を噛んだ。

堪えきれなかった快感の欠片が、雫《しずく》となって口端から零れていく。

身体を重ねるようになってから一週間しか経っていないはずなのに、以前よりも快感に追いあげられやすくなっているような気がするのは思い過ごしだろうか。

「クレアの身体、柔らかくて気持ちいい」

耳元で囁かれるだけで、頭の芯がじんと痺れてしまう。

思わず身震いをした瞬間、彼はその顔を胸元に寄せると、揺れる胸の先端をぱくりと口に含んだ。

「ひぁっ――⁉」

じゅっと音を立てて吸い付かれれば、甘い刺激に身体が撓る。

片方の胸の先をちろちろと舐められ、もう一方を指の先で弾かれると、下腹の奥が引き攣れるように切なくなっていく。

ぐらぐらと理性を揺さぶられていれば、愛液を纏った彼の指が、再び脚の間の粒を強く押し潰した。

「ひっ――んぅっ‼」

強すぎる刺激に一気に高みへと押し上げられた身体が、強張りながら反り返る。

快楽の向こうに打ち上げられた次の瞬間、一瞬の浮遊感ののちに、どっとベッドに沈み込んだ。

達した余韻で、身体が痙攣《けいれん》するようにびくびくと跳ねる。

全身を血が巡っているせいか、やけに心臓の音が大きく響いた。

肩で息をしながら呆然と天井を見つめていれば、すっとアデルの顔が覗く。

「クレア、イけた？」

「……た、ぶん」

うまく舌が回らない私の返答に、彼は嬉しそうにその目を細める。

唇を重ねた彼は、僅かに開いた唇の隙間から舌を差し込みながら、中に沈めたままの剛直をぐりぐりと押し付けはじめた。

「ん、ぅっ」

舌を絡め、吸われながら、甘やかな律動に身体を委ねる。

達したばかりの身体は既に溶けきっているようで、頭はぼうっとしたまま、ただただ気持ちよさが流れ込んでくる。

口付けを深められ、激しく腰を打ち付けられれば、もう快楽のことしか考えられなかった。

「んっ……ぁ、っ――んぅっ！」

肌と肌とがぶつかり合う音が響き、愛液が泡立つほどに蜜壺を穿たれる。

喉奥から腹の奥まで全てを支配されているような感覚の中、注がれる快楽に責め立てられるように、再び大きな波がせり上がってきた。

「ぁっ――やっ」

襲い掛かってきた快感の波に、全身を呑まれていく。

「あぁぁっ！」

「クレア……っ」

快感が弾けるのを感じて息を詰めた瞬間、名前を呼ばれ、同時に奥に広がる熱いものを感じた。

その感覚にぶるりと身体を震わせると、ゆっくりと上体を起こした彼が、優しく私の髪を梳く。

「クレア、愛してる」

そう呟いたアデルは、そっと唇を額に寄せた。

じっとこちらを見下ろした彼は、何も告げないまま隣に横たわると、その手を伸ばして強く私を抱き寄せる。

ぎゅうぎゅうと締め付けてくる温かな彼の腕の中で、私は小さく唇を噛んだ。

――こんな関係、いつまでも続けるわけにはいかないわよね。

アデルに思いを告げられてから一週間。

日中は彼から向けられる好意に甘え、夜になれば注がれる快楽に溺れる毎日に、いい加減けじめを付けなければと思いながらも、ずるずるとこの関係を続けてしまっていた。

――曖昧な気持ちのままじゃ、お互いのためにならないわ。

ぎゅっと眉根を寄せると、恐る恐る口を開く。

「アデル、私――」

「僕のことを好きになったっていう話以外なら、今は聞きたくないかな」

内心を言い当てられたような言葉に目を開いていれば、背中に回されていた腕にぎゅっと力が込められた。

「今はまだ、クレアに好かれるようアピールしてる最中だからさ」

そう告げた彼は、頭頂部から額へと柔らかな口付けを落としていく。

「僕にクレアの時間をちょうだい」

懇願するようにそう呟いた彼は、苦しいほどの力で私を強く抱きしめた。

「……好きだよ」

どこか寂しげなその声音に、ふと胸が苦しくなる。

関係を持ったあの日から、アデルは毎日のように愛を囁いてくれるし、側を離れようとしない。

夜になれば部屋を訪れてくる彼と身体の関係は続いているものの、いざ私が返事をしようとすると、先程のように何度もはぐらかされていた。

昔から察しのいい性格だったアデルだから、もしかしたら私がどう答えようとしているかも勘付いてしまっているのかもしれない。

そんな彼の行動に、つい苦笑をしてしまいながらも、私が口にできる答えは決まっていた。

――ちゃんと断らなくちゃ。

私は、前世の記憶を利用して『ディアロスの英雄』という物語を改変した。

もし仮に私がアデルとのハッピーエンドを望んだ場合、その瞬間に自分が起こした物語の改変は、彼の愛を得たいがための私利私欲でしかなくなってしまうだろう。

そう理解したときから、アデルの想いは受け入れるべきではないと確信していた。

――そのために、距離を取ろうと思っていたはずなのに。

ちらりと目の前に広がるアデルの白いシャツを見つめる。

――いつの間に、こんな爛《ただ》れた関係になってしまったのかしら。

小さく呻《うめ》きながら、頭を抱えた。

アデルの求愛行動に絆《ほだ》され、なし崩しに関係が続いてしまっている現状を反省しつつ、いつまでも彼の好意に甘えたまま、ぬるま湯に浸《つ》かっているわけにはいかないとギュッと目を瞑る。

――いつかは、けじめを付けなくてはいけないんだから。

誰もが振り返るような貴公子となった彼を前にしたとき、細やかなときめきを感じながらも、同時に自分のしでかしたことの大きさに気付いてしまった。

再会した彼は、『ディアロスの英雄』の挿絵で見た姿そのものだった。

改めて彼が物語の登場人物であることを実感すると共に、作中に家名すら出てこなかった私が彼の側にいることは違和感でしかないことに気付く。

——自分が名もない端役であることは、私自身が一番よくわかっていたはずなのに。

たった一言の断り文句で終わるはずの関係を、この一週間ずっと断ち切れていないことが、なにより今の自分の気持ちを証明してしまっている気がして、思わず自嘲の笑みが漏れた。

薄っすらと気付いてしまった自分の心には、蓋をするしかない。

終わりの見えている関係を前に、今しばらくの時を惜しみながら、身体を包むアデルの体温に身を委ね、静かに目を閉じるのだった。

＊・＊・＊

「クレア！」

背後から掛けられた大きな声に、びくりと肩が跳ねる。

サロンの椅子に腰を掛けたまま振り返れば、にこにこと上機嫌な様子のアデルが、部屋の向こうから駆け寄ってきていた。

「どうかしたの？」

「明日って何か予定ある？」

唐突な質問に首を傾げれば、彼は楽しげな笑い声を漏らす。

「よかったらデートに行こうよ」

「デ――っ⁉」

復唱しそうになった口元を慌てて押さえれば、アデルはにんまりと目を細めると耳元に唇を寄せた。

「兄上がエーデル湖への散策許可をくれたんだ。すごく綺麗な湖畔だから、クレアにも見せたいなって」

「エ、エーデル湖って王族専用の避暑地じゃない！」

私の言葉に、アデルはきょとんと目を丸くする。

「クレア、知ってたんだ」

「当たり前でしょう⁉　私だって一応この国の貴族令嬢なんだから」

「あはは、それもそっか」

楽しそうな声を上げたアデルは、私の前に跪《ひざまず》くと、手を取ってその甲に唇を寄せた。

「明日の朝、お忍びの王家の馬車が迎えに来る予定だから、二人で出かけよう。いい気分転換になりそうでしょ？」

「気分転換って――」

「ここのところ、どこにも出かけてなかったじゃん」

その言葉に、思わず目を瞬く。

確かにアデルと関係を持ってしばらく、なんとなくセレーナと顔を合わせることが気まずく感じられて、鉢合わせそうな夜会やお茶会はできるだけ避けるようにしていた。

そうこうしている内に、気付けばこの一週間、全く邸の外へ出ていなかったらしい。

自覚はなかったが、思っていたよりも自分はセレーナのことを意識してしまっていたようだった。

——アデルなりに、気分転換させてくれようしてくれたのかしら。

ちらりと視線を向ければ、にこりと微笑み返される。

その笑顔に照れくさくなりながらも、自分でも気付いていなかった変化をアデルが感じ取ってくれていたことに、じんわりと胸の奥に温かいものが広がった。

デートと聞けば緊張してしまうが、せっかくの心遣いを無碍《むげ》にすることはないだろう。

気恥ずかしく思いながらも、彼を見上げて小さく頷いた。

「そうね、エーデル湖の美しい湖面を眺めるのも楽しみだわ」

「やった！　じゃあ明日クレアの部屋に迎えに行くから。僕のために目一杯おしゃれしてきてよ」

悪戯っぽく片目を瞑って見せた彼は、明日の昼食を頼みに行くと厨房に向けて部屋を出ていく。

そんな後姿を見て、ふっと頬が緩んだ。

『ディアロスの英雄』では暗い表情しか浮かべていなかった彼が、ころころと表情を変えている姿を見れば、改めて平和を実感してしまう。

アデルが明るくなってくれたことは嬉しい。

しかし、彼から向けられる好意の滲む眼差しが、自分の起こした改変によるものでないと断定できない今、この居心地よさを享受していいものかと躊躇する自分がいた。

——死を回避できたアデルには、無限の可能性があるんだから。

彼の人生を狂わせてしまっていないだろうかという疑念と後悔が、小さなささくれとなって鈍い痛みを走らせていた。

＊・＊・＊

「アデル！　すごいわ、水が透き通ってる！」

馬車から降りた瞬間、美しい景観と碧《あお》く透き通った湖面に感嘆の声が漏れる。

吸い寄せられるように湖に向かって駆け出せば、涼やかな風が頬に触れた。

しゃがみこんで湖面を覗き込めば、後ろからゆっくりと歩いてきたアデルが隣に立つ。

「前に来たのは随分昔だけど、全然変わってないな」

空を見上げた彼は、どこか懐かしげにその目を細めた。

「昔って――」

つい口を突いて出た言葉に、慌てて手で塞ぐ。

アデルが王城を出ることができたとすれば、彼の母親がまだ生きていた頃だろう。

彼の過去を聞いてしまえば、王城で過ごした辛い日々を思い出させてしまうかもしれない。

古傷を抉るようなことはしたくないと、自身の発言を誤魔化すように湖面へと手を伸ばした。

水面に触れれば、心地いい冷たさを指先に感じる。

「中央が碧く透き通っていて綺麗ね」

「うん。澄んでる感じが、クレアの瞳の色に少し似てるよね」

隣にしゃがみこんだアデルは、さらりとそんな台詞を口にしながら、私の真似をするように指先で水を掬う。

最近の彼の貴公子モードには慣れてきたつもりだったが、それでも聞き慣れない口説き文句を耳にしてしまうと、ついつい頬が熱を帯びてしまった。

「……こんなに美しくないわよ」

憎まれ口を叩いてみても、アデルは小さく笑うばかりで気にした様子もない。

「クレアの瞳の色は、もう少し温かみがあるかなと思うけど、澄んでていつまでも見ていたいって感じさせるところが似てるかな」

追い打ちをかけるように爽やかに微笑まれてしまえば、ぐうの音も出なくなってしまう。

元々断罪された王妃の計略さえなければ、彼は美しく優秀な王子の一人として、高位貴族からも引く手あまただっただろう。

最近めっきり以前のような憎まれ口を叩かなくなったせいか、ふとした瞬間に、彼の存在を遠く感じることが多くなっていた。

――元々高貴な身分なんだから、当たり前なんだけど。

二週間後の戴冠式では大々的にお披露目され、第二王子として彼の存在は広く知れわたることになる。

ようやく彼が正しく評価されることを喜ばしく感じながらも、なんだか二人だけの秘密がなくなってしまうようで、どこか寂しく感じてしまう自分がいた。

「向こうの水上に東屋があるんだ。お昼はそこに準備してもらおう」

「ふふ、素敵ね」

差し伸べられた手を取り、二人揃って湖畔を歩き始める。

「あっアデル、先に渡しておきたいものがあるの」

「え？」

足を止めた私は、外套《がいとう》のポケットから取り出したものを隣の彼に差し出した。

「これ、約束の品よ」

手のひらに乗せて見せたのは、白い生地のハンカチだった。

表面には、一輪の赤い薔薇が刺繍されている。

「……クレアが作ってくれたの？」

「当たり前じゃない。約束していたでしょう？」

見違えるほどに上達した刺繍を披露するつもりだったのだが、完成してみれば、やはり私の精一杯といった感じの仕上がりでしかなかった。

「その、夜はアデルが部屋に来るし、日中しか時間が取れなかったから、あまり凝ったものではないけれど、一生懸命作ったことには間違いないから」

じっと手元を見つめるばかりのアデルを前に、なんだか気恥ずかしくなって、押し付けるようにハンカチを渡す。

「よかったらもらって。頑張ったつもりではあるけど、やっぱりアデルのように上手にはできなかったから、不格好かもしれない——」

「そんなことない」

私の言葉を遮った彼を見上げれば、アデルは薄青色の瞳を柔らかに細めて、にっこりと微笑んだ。

「どんな贈り物よりも嬉しいよ。ありがとう、大切にする」

胸元でぎゅっとハンカチを抱きしめたアデルの様子に、つい照れくさくなって頬を掻く。

「そ、そんなに喜んでもらえるとは思っていなかったわ」

何と言っていいかわからず視線を彷徨わせていれば、不意に彼の手が私の胸元へと伸びた。

その指先が、首から下げていた薄青色の石に触れる。

「今日も付けてくれてるんだね」

その声に視線を落とせば、アデルにもらってから、どこかに出かける際は必ず付けていたネックレスが映った。

「アデルからもらったものだもの。気に入っているし、大切にしているわ」

「はは、嬉しいな。お揃いで買った甲斐《かい》があった」

そう口にしながら、耳元をトントンと示されて思わず目を瞠る。

そこには、以前も見た薄青色のピアスが付けられていた。

――今、お揃いって言った……？

先程の彼の発言に、まさかと思いながらも、恐る恐る口を開く。

「アデル、貴方もしかして、揃いの装飾品を付ける意味を知っていたの？」

「当たり前でしょ？　僕だって一応この国の貴族なんだし」

当然のように答えるアデルの様子に、呆気にとられてぽかんと口を開けてしまう。

「で、でも私が尋ねたときは、同じお店で買っただけだって――」

「あー、あの頃はまだ気持ちを打ち明けてなかったし、そういうつもりで渡したなんて正直に話したら、クレアが付けなくなっちゃうかなと思って」

明後日のほうに視線を向けながらそう告げた彼は、悪戯っぽく笑って見せる。

「今はもう全部話しちゃったし、隠す必要もないかなって」

小さく肩を竦めた彼は、何かを思い出したようにハッとこちらに視線を向けた。

「あっ今更外さないでね？　せっかくのデートなのに悲しくなっちゃうから」

「デートって……」

「遠出して人気のない場所に二人きりって、立派なデートでしょ？」

そう口にしながら、アデルはぐいっと私の手を引く。

その勢いにバランスを崩しながらも、楽しそうな彼の笑顔につられて再び歩き出した。

エーデル湖の湖畔を連れだって歩く彼との話題は、とりとめもないいつもの日常会話だった。

改めてデートだと言われて少々緊張してしまったが、結局のところ、やはりアデルが私の気分転換に邸の外に連れ出してくれたのだろう。

ふと隣を見上げれば、アデルの横顔がある。

金色の癖毛に木漏れ日が反射すれば、キラキラと輝き、その眩しさに思わず目を細める。

そんな私に気付いた彼は、ふっと笑みを浮かべると、慣れた様子で額に口付けを落とした。

「なっ――」

「あはは、これくらいで驚かないでよ」

楽しげな笑い声を上げたアデルは、上機嫌なまま私の手を引く。

額への口付けは、家族同士でもあり得ないことはない。

そこまで驚く必要もないのかもしれないが、こんな誰が見ているかわからない場所で突然するなんてと狼狽《うろた》えていれば、そんな私の動揺に気付いてか、アデルは楽しげにその目を細めた。

手を引かれるままに、斜め前を歩くアデルの後ろ姿を眺める。

――こうして一緒にいられるのも、もう僅かな時間よね。

ふとそんな今更なことに気付いて、どことなく感傷に浸ってしまった。

私が彼の想いを拒めば、今の関係は簡単に終わりを告げるだろう。

アデルが第二王子として王城に戻ってしまえば、もう会うこともないはずだ。

あの夜、アデルは責任を取ると言ってくれたが、ようやく自由を掴めた彼の重荷になるわけにはいかないと心に決めていた。

アデルの器量ならどんな夢でも叶えられると思うし、『ディアロスの英雄』の一読者としては、彼がどんな未来を選択するのかも見てみたい。

そこに、物語を改変した私が介入するわけにはいかなかった。

端役は端役として、細やかな人生を全うしていくべきだ。

そう決意した上で、近々アデルと過ごす時間に終わりが来ることを覚悟していれば、こうして一時的にアデルの好意に甘えたとしても、どこか許される気がしていた。

＊・＊・＊

エーデル湖での楽しいひと時を終え、陽が傾く前にと早目に出立した私達は、木々が揺れる小道を馬車で進んでいく。

馬車の中からは、青々と茂る木々の葉からは美しい木漏れ日が差し込んでいた。

「アデル、楽しい時間をありがとう」

「どういたしまして。クレア、最近邸に籠りっぱなしだったし、気分転換になればいいなって思ってたんだ」

　ここ最近の内心を見透かされたような言葉に、思わず苦笑が漏れる。

　初めて出会ったときも、アデルは自分よりも周りのことを気に掛ける心優しい少年だったが、今もこうして私を気遣ってくれている彼を見れば、成長して姿かたちは変わっても、その性格は以前のままであることが伝わってくる。

「もう少しいられたらよかったんだけど、今日中に馬車を王城に――」

　アデルがそう口にしている途中で、馬車が激しくガタンと揺れた。

　馬の嘶《いなな》きと共に馬車が急停止すると、外から言い争うような声が響いてくる。

「な、何が――」

　声を上げた私の口を、アデルはその手で素早く塞いだ。

「……クレアはそこにいて」

　短くそう口にしたアデルは、上体を屈めると座席の下に手を伸ばす。

　カチャリと何かが外れる音が聞こえれば、彼の手には細身の剣が握られていた。

　どうしてそんなところに剣があったのかだとか、なぜアデルが剣の在りかを知っていたのだとか、状況が掴めず疑問符ばかりが頭の中に浮かんでいる間に、ドンッと馬車の車体が揺れる。

　その衝撃に身を固くした瞬間、馬車の扉が乱暴に開いた。

「第二王子、覚悟――ぐっ‼」

突然現れた人影に恐怖で目を見開いた瞬間、信じられない光景が視界に映った。

扉の前の男の肩には、身を屈めていたアデルの剣が深々と突き刺さっている。

「あ、が――」

目を剥《む》いたまま後ろに倒れていく男の手から素早く大剣を抜き取った彼は、その鳩尾《みぞおち》を蹴り落とすと、身を翻すように馬車から飛び降りた。

「アデ――」

「すぐ片付ける」

短くそう告げた彼は、バタンと大きな音を立てて後ろ手に強く扉を閉め、姿が見えなくなってしまう。

呆然と閉じられた扉を見つめながらも、彼の言葉を思い出し、身を縮こまらせて馬車の隅に座り込んだ。

それからどれほどの喧騒が続いただろうか。

剣戟《けんげき》の音や怒声や悲鳴、耳に届くそれらに囲まれながら、ただただ身体を震わせることしかできない。

先程肩を貫かれていた男の声が、はっきりと『第二王子』と呼んだ声が、耳にこびりついて離れなかった。

――王妃は断罪されたはずなのに、どうして第二王子が狙われるの⁉

そもそも表立ってまだ正体を明かしていないアデルを、どうして相手は第二王子だと断定できたのか。

そして、ならず者が突然襲撃してきたにもかかわらず、アデル自身が剣を取り速やかに応戦したのはどういうことなのか。

そもそも『ディアロスの英雄』での第二王子アベル・ディアロスは頭脳派で、内戦時にも前線に立つような描写はなかったはずだ。

主人公と対峙するときだって丸腰で、抵抗をすることもなく自死を迎えていたはずなのに、先程冷静に賊の肩を貫いたのは一体誰だったのだろう。

的確に相手の動きを封じて武器を奪い、相手を蹴り倒して他の賊をも牽制するような無駄のない動き。

なにより、こちらを振り返ったときの彼の落ち着き払った横顔が、脳裏に焼き付いて離れなかった。

まるで別人のように頼もしい姿ではあったものの、大切な家族が争いの中に飛び込んで行ったことには変わりなく、その身に何かあったらと想像して身震いをする。

「アデル、無事でいて……」

両手を組んで必死に祈っていれば、恐怖からカチカチと奥歯が鳴った。

馬車の片隅で身を縮こまらせた状態で、どれほどの時間が経っただろうか。

金属音や激しく言い争うような声が次第に収まっていき、複数の足音だけが聞こえるようになった頃、コンコンと控えめなノック音が響いた。

扉を叩いているのは敵か味方か。

アデルは無事なのか。

頭の中がぐるぐると巡りながらも、ゆっくりと扉のほうへと近づいていく。

「……クレア?」

扉の向こうから聞き馴染みのある声が聞こえてきた瞬間、私は勢いよく馬車の扉を開いた。

そこには、扉の勢いに驚いた様子のアデルが目を丸くしていた。

多少の汚れや切り傷は見えるものの、五体満足な姿を前にすれば、あっという間に視界が滲んでいく。

「無事だったのね!」

恥も外聞もなく彼に抱きついて力一杯抱き締めれば、その勢いに押されたのか、アデルは僅かによろめきながらも私を抱き留めてくれた。

胸元に額を擦りつける私を宥めるように、優しく背中を摩《さす》ってくれた彼は、ふっと笑うような吐息を漏らす。

「そんなに心配することないでしょ。自分の身くらい自分で守れるよ。隣国でも剣技は上位だったし」

初めて聞く話に、思わず彼の胸元を叩く。

「そんなこと言っても、アデルが剣を持つなんて――」

「確かに剣技を習ったのは留学してからだけど、昔から僕はなんだってできたでしょ?」

「そう、だけど」

アデルの言葉に納得しながらも、腑に落ちない自分に気付いてハッと目を瞠った。

『アデルが剣を持つなんて「ディアロスの英雄」ではありえなかった』

そう考えてしまっている自分に、愕然《がくぜん》とする。

――私、今アデルに『アベル・ディアロス』を押し付けようとしていた……？

まるで前世の記憶の『ディアロスの英雄』がさも正しいかのように、目の前にいる彼を否定しようとした自分に血の気が引いた。

彼が同じ世界を生きる人間だと理解していたつもりだったのに、結局はどこか物語の登場人物だと思い込み虚像を重ねていた自分の愚かさに、思わず口元を押さえる。

「クレア？　どうかした？」

「……う、ううん。なんでもない」

慌てて取り繕いながら、アデルを馬車の中に引き入れた。

話を聞けば、幸いにもこちら側に死者が出ることはなかったようで、怪我人に手を貸す程度で、そのまま馬車は進められるようだった。

「怖い思いをさせてごめん。さっきのは僕を探してた奴らだったから、さっさと片付けようと思って」

アデルはそう口にしながら申し訳なさそうに頭を下げた。

命を狙われて怖い思いをしたのは自分も同じだろうに、すぐに周りを気遣ってしまう彼の優しさについ胸元を押さえてしまう。

「今までアデルを探していたのは王妃様だったんでしょう？　彼女が断罪された今、どうしてアデルがまだ狙われるの？」

私の質問に、アデルは口元を押さえながら頭を左右に振った。

「わからない。もしかしたら元王妃派の残党が何か企《たくら》んでるのかも」

「そんな……」

既に王妃は断罪されたというのに、どうしてまだアデルが狙われなければならないのか。

やりきれない思いを胸に顔を俯けると、ふと向かいに座る彼の手首辺りに、赤いものが滲んでいるのが見えた。

それが血だと気付いた瞬間、サッと血の気が引く。

「アデル⁉　貴方怪我してるじゃない！」

「え？　あ、ほんとだ。たいして痛くないし気にするほどじゃ――」

「ダメよ！　ちょっと見せて」

慌てて彼の袖を捲れば、そこには数センチ程度の切り傷が付いていた。

すぐにハンカチを取り出して傷口に当てる。

「刃物に毒物が塗られていた可能性だってあるんだから、戻ったらすぐに綺麗にしなくちゃ」

「多分大丈夫だと思うけど……うん、まあそうする」

どこかはにかむようにそう呟いたアデルは、私に委ねるように腕の力を抜いた。

小さな傷口ながらも、じわじわと滲んでくる血に、申し訳なさが込み上げてくる。

馬車の中で震えることしかできなかった足手纏《あしでまと》いの私を、彼はその剣で守ってくれたのだ。

馬車が襲われた瞬間、躊躇なく武器を持ち、敵に立ち向かったアデルの後姿が鮮やかに脳裏に浮かんだ。

あのとき私を守ってくれた彼の背中は、誰よりも逞しく、目が眩《くら》むほどに眩しかった。

「……守ってくれてありがとう」

ぽつりと呟いた一言に、アデルは一瞬目を丸くすると、ふっと頬を緩める。

「そんな思い詰めた顔しないでよ。こんなの掠《かす》り傷《きず》だし、好きな人を守った名誉の負傷ってやつだから」

その言葉に、サッと血の気が引く。

どんな状況だろうと、自分のせいでアデルに怪我をさせたくはなかった。

「わ、私なんかより自分を大切に――」

「はいはい」

私の声を聞き流すように肩を竦めた彼は、あっと何かを思いついたかのように声を上げる。

「クレアがそんなに気になるなら、交換条件をつけてもいいよ」

「交換条件？」

突然の提案をつい聞き返せば、彼は上体を屈めてこちらを覗き込んだ。

「ご褒美ちょうだい」

「へ？」

素っ頓狂な声を上げた私に、アデルはとんとんと口元を示した。

「姫を守った騎士は、口付けをもらえるってのが相場でしょ？」

それは確かに物語の定番だ。

そうは思いつつも、『口付け』という単語を認識した瞬間、つい顔が熱を帯びてしまう。

「な、そんな今更――」

これまで散々それ以上のことをしてきたのだから、今更口付けること自体に抵抗はない。

しかし命を張ってまで求めるものが、私の口付けだという事実を前に、なんだかくすぐったいような、落ち着かないような気持ちになってしまう。

上手《うま》く言葉を続けられないでいれば、アデルはその唇を尖らせると、わざとらしく大きな溜め息を吐いた。

「クレアは気付いてないかもしれないけど、口付けるのもそれ以上も、いつだって僕が求めるばっかりなんだよね。まあそれは僕がしたいだけなんだから仕方ないんだけど」

肩を竦めた彼が、ふいっと視線を逸らす。

「だからたまにはさ、クレアからしてもらえないかなって」

そう口にした彼は、そっぽを向いたまま黙り込む。

そんな彼のいじらしい反応を前に、じわじわと頬が熱を帯びていくのがわかった。

ぎこちない空気が流れる二人の間には、カタカタと回る車輪の音だけが響く。

「アデ――」

「べ、別に無理なら――っ⁉」

同時に口を開いた私達は、固まったままぱちぱちと目を瞬いた。

目が合ったまま硬直しながらも、半ば上げていた自分の腕を伸ばして頬に触れる。

頬に触れた感触に身を硬くした彼を見上げながら、ごくりと唾を呑みこむと、じっと相手を見上げた。

「……絶対に目を開けないって約束してくれる？」

私の言葉に目を瞠った彼は、こくこくと頷くと力いっぱいその瞳を閉じる。

ちゃんと目を瞑っているか顔の前で手を振って確認すると、ぎゅっと口を引き結んだ。

――いつもと同じ、いつもと同じだから。

緊張に身体を強張らせながら、ゆっくりと腰を浮かせる。

なぜかがちがちに力が入っている相手の肩に手を置くと、顔を近づけ、そっと唇を重ねた。

唇を離した瞬間、薄っすらと瞼を開く。

伏せられた金色の長い睫毛に貴族らしく整った顔立ちは、『ディアロスの英雄』に出てきたアベル・ディアロスそのものだ。

その姿はまるで挿絵のようだと感じながらも、唇に触れる感触や指先から伝わってくる体温、先程まで賊と対峙したせいか、うっすらと感じとれる汗と土埃の匂いが、アデル自身がそこに生きていることを証明してくれている。

原作では見ることがなかった明るい表情に、時折見せるこちらをからかうような意地悪な態度、これまでの鍛錬で負ったらしいいくつもの古傷。

たくさんの違いを見つけて、ようやく気付いた。

——アデルは、アデルなんだわ。

そんな当たり前の事実に、呆然と目を瞠る。

これまでの私は、気付かぬ間に現実のアデルと物語のアベル・ディアロスを混同していた。

頭脳派だった彼が鮮やかな剣捌《さば》きを見せたことに驚いたし、物語の主要人物である彼と自分は生きる世界が違うのだと思い込んでいた。

自分で勝手に相手を型に嵌《は》めて、その行動を推し測ろうとしていたなんて、なんて失礼で高慢な考え方をしていたんだろう。

——アデルの気持ちが、自分が物語を改変したせいで生まれただなんて、とんだ思い上がりだわ。

自分が神にでもなったかのような思考が恥ずかしくなり、ぎゅっと目を瞑れば、不意に唇に柔らかなものが触れた。

驚きに目を開けば、目の前でおかしそうに微笑むアデルの姿がある。

「なに百面相してんの？　変なクレア」

久々に耳にした憎まれ口に、ふっと顔が緩んでしまった。

アデルも私も、この世界を生きている一人であることに変わりないことに気付けば、頑なだった心がゆっくりと溶かされていく。

――アデルとの未来を、夢見てもいいのかしら。

そう考えるだけで、胸の奥に温かなものが広がった。

「アデル、あの――」

「あ、重そうな話は今いいから。クレアから初めて口付けしてもらった余韻に浸らせてよ」

手のひらをピッとこちらに向けて、言葉を遮った彼に思わず目を瞬く。

発言通り、彼は自分自身の口元を何度も指で押さえると、どこか満足げにうんうんとしきりに頷いていた。

ただ私から口付けをしたというだけなのに、そこまで喜んでもらえている姿を見てしまえば悪い気はしない。

「ふふ、なによそれ」

「僕にとっては記念すべきことなんですー」

拗ねたような声を上げるアデルに、思わず頬を緩めた。

馬車の中が、くすぐったい空気に満たされていく。

そんな居心地のいい空間の中で、今すぐではなくとも彼との別れの日が来るまでには、本当の自分の気持ちを伝えようと心に決めたのだった。

第四章　違和感の裏側

会場の扉が開けば、賑やかな話し声が聞こえてくる。

楽団の音楽が響き渡る広間には、着飾ったご令嬢を中心に、年若い男女が楽しそうな笑い声を上げていた。

近くにいた給仕から飲み物を受け取ると、会場の端のほうへと進んでいく。

——いつも以上に豪勢な夜会だわ。

久々の夜会参加ということもあって周囲に気後れしつつも、壁の近くに陣取って、手にしたグラスをゆっくりと傾ける。

ここ数週間、社交界から離れていたせいもあるが、招待客の多さや楽団の人数など、今回の伯爵家の夜会は随分と華やかに感じられた。

エーデル湖での一件があって以来、外出はなるべく控えていたが、今日の夜会はセレーナの実家が主催であり、念押しの手紙をもらったこともあって久々に参加することになった。

アデルがエスコートを名乗り出てはいたのだが、五日後に戴冠式が迫っている今そんな暇はないと父に捕まり、日中は王城、夜は自邸で貴族名鑑の詰め込みをしていたために、私は結局久々にエスコート無しで夜会を参加することになった。

——それはいいんだけど……。

ふと視線を落とすと、本日の自分のドレスが目に映る。

アデルに贈られた淡い碧色のドレスは、首元まできっちりレースに覆われているデザインのものだ。

夜会用としては少々露出が少ないものの、デザインには特に問題はない。

気になっているのは、レースの下の赤い痕が見えていないかどうかだった。

昨夜いつものように寝室に忍び込んできたアデルは、会えなかった日中の時間を埋めるかのように執拗に私を抱いた。

意識が飛びそうになるほどに激しく突き上げられ、何度も快楽を注ぎ込まれた私がぐったりとベッドに沈み込むと、彼は私の首筋から胸元、脚の付け根に至るまで様々な場所に所有印を刻んでいった。

『他の男が近寄らないための、おまじないくらいさせてよ』

そう言ってどこか不安げな表情を見せられると、拒みたくても拒めなくなる。

幸いにも、今見た限りでは全ての痕がドレスで隠れていることに、ほっと胸を撫で下ろして顔を上げた。

——わざわざ痕を付けなくても、私が逃げるはずないのに。

昨夜の彼の表情を思い出して、つい苦笑を漏らす。

戴冠式を終えたら、アデルは子爵家を出ていくのだと父から聞いていた。

それまでに、どこかで自分の気持ちを打ち明けなければと思いつつも、なかなかきっかけが掴めず今日に至っている。

――いざ改めて告白となれば、案外気恥ずかしいものなのね。

自嘲の笑みを漏らしていれば、ふと視界に影が差した。

顔を上げれば、見知らぬ男性がこちらを見つめてにこやかに微笑んでいる。

「失礼、お一人ですか？」

その声かけに、ダンスの誘いであることにすぐ気付いた。

薄茶の髪に柔和な笑みを浮かべる男性は、非常に誠実そうな好青年に見える。

「良かったら一曲踊っていただけませんか？」

社交挨拶のお手本のようなその言葉に、貴族令嬢の一人として応えようとした瞬間、ふとアデルの昨日の表情が脳裏を過ぎった。

たった一度の夜会参加のために、いくつもの情事の痕を残した彼は、社交マナーとはいえ他の男性とダンスを踊ることをどう思うだろうか。

アデルの不安げな表情を思い出せば、ぎしりと身体が強張ってしまう。

気付けば彼の手を取ろうとしていた手を下げ、静かに頭を下げていた。

「……申し訳ありません、人を待っておりますので」

「そうでしたか。残念ですが、またの機会に」

遠まわしな私の断り文句に、青年は爽やかに会釈するとその場を去って行く。

その後ろ姿を見送りながら、未だ落ち着かない胸元を押さえて小さく息を吐いた。

社交ダンスは、既婚女性であっても誘いがあれば応じる程度の挨拶のようなものだ。

その程度の触れ合いを、彼を想って拒むなんて、どれほどアデルに心惹かれているのかと自嘲の笑みが漏れてしまう。

自分の変化に呆れていれば、ふと遠くに見知った顔を見つけた。

自慢の黒髪を結わえて大きく胸元の開いたドレスを着た彼女は、約三週間ぶりに見かけるセレーナだった。

今回の夜会の主催ということもあって、伯爵家一家での登場だったらしい。

主催への挨拶に次々と向かう人々を眺めながら、少し人が減ってからでもいいかと近くの軽食を摘まむ。

壁の華になりつつ人々の流れを眺めていると、不意に目が合ったセレーナが私に気付き、手を振っているのが見えた。

周囲の視線もこちらに集まっていることに気付き、慌てて軽食から手を放して会釈を返せば、周りに断りを入れた彼女が足早にこちらに駆け寄ってくる。

「クレア！　よく来てくれたわね」

明るい声をかけてくれたセレーナに、つられるように頬が緩んだ。

「セレーナ、久しぶり。本日はお招きありがとうございます」

改めて淑女の礼をとった私を、爪先から頭のてっぺんまでしげしげと見た彼女は、いつもの調子で肩を竦めた。

「相変わらず、夜会にそぐわない衣装ね」

「あ、あはは」

今回ばかりは笑って誤魔化すしかないと頬を掻けば、向かいの彼女はあっと声を上げた。

「クレアと話したいことがあったのよ。ちょっとテラスに出られない？」

「構わないけど……主催者の挨拶は大丈夫なの？」

「主催者は父なんだから、父が対応すればいいのよ。さ、行くわよ」

そう口にした彼女は、私の手を引くとぐいぐいと引っ張っていく。

相変わらずの強引さに苦笑しながら彼女に続いて参加者達の間を抜けると、庭園に繋がる広いテラスに出た。

テラス奥の長椅子に案内され、隣り合うように腰を下ろす。

会場とは硝子戸を一枚隔てただけなのに、夜の闇に包まれたテラスは、会場の喧騒が嘘のように静まり返っていた。

いつもは一方的に話しかけてくる彼女が珍しく黙り込んでいる姿を見ると、妙に緊張してしまう。

ベイル公爵邸のガーデンパーティーで、アデルを紹介してほしいと言われたあの日以来、どうにも気まずく、これまでずっとセレーナと会うことを避けてきた。

正直、アデルの気持ちを知り、関係を持ってしまった自分が、今更セレーナに何を言えばいいのかわからない。

何を口にしても、彼女を傷つける結果にしかならないのではないかと、ただただ彼女と会うことから逃げていた。

しかし、逃げ回るだけでは何も解決しない。

せっかく二人きりになれたのだから、言うなら今しかないと両手をぐっと握った。

「セレ――」

「前に私が言った『お願い』覚えてる？」

同時に話し始めてしまったことを気まずく感じながらも、慌てて笑顔を取り繕う。

「ええ、もちろんよ」

「あれからどうかしら？　できれば今すぐにでも彼に会いたいのだけど」

にこりと微笑みかけられて、動揺に激しく跳ねる心臓を隠すように胸元を押さえた。

胸元に手を置いた瞬間、指先にこつりと薄青色の石が触れる。

アデルを気になっているセレーナに、これまで起こったことをありのまま伝えることはできない。

最低限必要な情報を伝えて、彼との縁談を諦めてもらうしかないだろう。

「……申し訳ないけれど、力にはなれなかったわ」

ドレスの裾を握りしめながら口にした私の言葉に、セレーナは不思議そうに首を傾げた。

「どうして？　貴女の弟なんでしょう？」

「弟――アデルには、好きな人がいるらしいの。だから他の女性と会うつもりはないみたいだわ」

どくんどくんと鳴り響く心臓の音を煩く感じながらも、嘘を吐かないよう、アデルの言葉をかいつまんで説明する。

セレーナは野心家で打算的な性格だ。

相手に想い人がいるとなれば、あっさりと諦めて次に行ってくれるだろう。

そう考えていた私は、ちらりと彼女の様子を窺った瞬間、息を呑んだ。

いつも通りあっけらかんと笑っているだろうと思っていた彼女は、ごっそりと表情が抜け落ちたような顔でこちらを見つめていた。

「……そんなの、会ってみないとわからないじゃない」

「え？」

血の気を失ったような真っ青な顔色をした彼女は、ぽつりとそう呟く。

セレーナらしくない発言に混乱していれば、彼女はゆっくりとその顔を左右非対称に歪めた。

「一度私と会ってくれたら、私の魅力に気付くかもしれないでしょう？」

私を見つめている彼女の大きな瞳が、こちらを見ているようで見ていない気がして、ぞっと背筋に冷たいものが走る。

「セレーナ？」

思わず呼んだ名前に、彼女は勢いよく私の両肩を掴んだ。

「ねぇお願いよ、クレア。貴女の弟と私を会わせて？　会わせてくれるだけでいいの！」

真っ青な顔色で訴えかけてくるセレーナの姿に息を呑む。

セレーナはどんな夜会で会っても、いつも毅然として自信に満ちた笑みを浮かべていた。

そんな彼女の変貌ぶりに、眉根を寄せずにはいられなかった。

「セレーナ、どうしたの？　いつもの貴女らしくないわ」

「私らしくない……？」

私の言葉に目を瞬いた彼女は、呆然とこちらを見つめると、ふっと嘲るような吐息を漏らす。

「はは、そうでしょうね」

「何かあったの？　悩みがあるなら、私でよければ聞くわ」

「悩み？　ふふ、そうね。そうかもしれないわ」

まるで壊れた人形のように笑い始めたセレーナの手を握れば、不意に表情を失った彼女が虚《うつ》ろな瞳をこちらに向けた。

「……クレア」

ぽつりと呼んだ私の名前に、びくりと肩が揺れる。

「誰にも話さないって約束してくれる？」

「……もちろんよ」

安心してもらえるように深く頷いてみせた。

私の様子を見た彼女は、どこか安堵《あんど》したようにその顔を緩ませる。

「じゃあ耳を貸して」

そう呟いたセレーナのほうへと耳を近づけた。

「実は――」

小声で囁く彼女のほうへと耳を寄せ、彼女の吐息が耳にかかるほどに近付いたそのとき、不意に何かが口元を覆った。

「んっ⁉」

口元に強く布を押し付けられていることに気付き、その手を外そうと必死に抵抗する。

逃れようとするものの、ふわりと香ってきた甘い匂いを嗅いだ瞬間、全身の力が入らなくなっていく。

手足が痺れたように動かなくなり、瞼も開けていられなくなる。

「セレ、ナ……」

薄れゆく意識の中で、こちらを見下ろすセレーナの姿が映った。

その顔は酷《ひど》く歪んでいて、口元は何かを訴えるように小さく動いている。

『ごめんなさい』

そう呟きながら眉根を寄せた彼女が、力なく倒れ込んだ私を抱き留めた。

――どうして。

そう続けたかった言葉は口から発せられることもなく、ゆっくりと意識が溶けだしていく。

どうにか逃げなくてはと思いながらも、結局私は必死にしがみついていた意識の糸を手放してしまったのだった。

＊・＊・＊

「ん……」

ゆっくりと瞼を開けば、そこには見慣れない天井が映る。

薄暗いながらも、明かりが灯されているおかげで、目を凝らせばなんとか周囲の様子が窺えた。

――ここは、どこ？

柔らかな感触からベッドらしきものに横たえられていることに気付き、上体を起こそうとするも、まるで身体に重石《おもし》が付けられているかのようにうまく起き上がれない。

目だけで周囲を見回せば、広い室内に整然と置かれた調度品がぼんやりと見えた。

真新しいシーツや整頓された室内の様子から察するに、ここはどこかの邸の客間のように見える。

――一体どうしてこんなところに……。

ぼんやりと記憶を辿ろうとすると、不意に本を閉じるような音が響いた。

「目が覚めた？」

その声に顔を向ければ、そこには見知った人物が椅子に腰を掛けていた。

「セレーナ⁉」

その姿に、瞬時に先程の記憶が蘇る。

セレーナに誘われてテラスに出た私は、彼女に口元を覆われた。

布から香ってきた甘い匂いを嗅いだ瞬間、意識が朦朧として気を失っていたのだ。

「ここは一体――」

周囲を見回しながらそう口にする私を見て、セレーナは視線を下げて静かに微笑む。

「安心して、ここはうちのゲストルームよ」

その言葉に、見知らぬ場所に運び込まれたのではないことを知って、ほっと胸を撫で下ろしながらも、視線を薄暗い部屋の窓へと向けた。

外に明かりが見えないということは、既に夜会は終わった頃だろうか。

自分がどれくらい気を失っていたかわからず、焦りが滲み始める。

セレーナは一体何のつもりで私をここに連れてきたのだろう。

目的のわからない彼女の行動に警戒心を強めていれば、室内に深い溜め息が響いた。

「驚かせてしまってごめんなさい。でも、こうするしかなかったの」

唐突な彼女の言葉に、私は反射的に眉を顰める。

「意味がわからないわ。どうしてセレーナがこんなことを――」

身体を起こして彼女のほうへ向かおうとした瞬間、じゃらりと金属音が鳴った。

驚きに視線を向ければ、自分の片脚に、まるで罪人が付けるような金属製の枷《かせ》が付けられているのが見える。

金属の鎖がじゃらじゃらと音を立てて擦れるのを目の当たりにして、さっと血の気が引いた。

言い知れぬ恐怖を前に言葉を失った私を見て、なんでもないように肩を竦めたセレーナは、脚を組んだその上に頬杖をつく。

「表向きには、貴女は気分が悪くなったから、少しの間ここで休むことになっているの。その拘束具は、私一人だと貴女を見張りきれないだろうって言われたから仕方なく付けさせてもらっただけ」

彼女の手には、この拘束具のものらしい鍵が握られていた。

まるで誰かの指示があったかのような口ぶりに、小さく息を呑む。

驚きに言葉が出てこない私を見て、セレーナはふっとその口端を吊り上げた。

「可哀想《かわいそう》なクレア。初めから貴女の弟に会わせてくれてさえいれば、こんな怖い思いはしなくて済んだのに」

先程テラスで見たような歪んだ笑みを浮かべるセレーナを前に、冷たいものが背筋を伝う。

まるで別人のような彼女の姿に、頭の中は酷く混乱していた。

「……どうして、こんなことをするの？」

何とか絞り出した私の問いに、セレーナは静かに首を横に振る。

「言ったじゃない。貴女が弟さんと会わせてくれないから、こうして実力行使するしかなくなったって」

向けられた冷ややかな視線にたじろぎながらも、ぐっと唇を噛んだ。

会いたいからといって、相手を脅すような真似をして機会を設けてもらおうなんて、前世の記憶で言えばストーカー行為のようなものだ。

そんなことをすれば、ますます相手の心が離れてしまうことなんて少し考えればわかりそうなものなのに、と眉根を寄せる。

普段のセレーナなら、決してこんな行動はとらなかったはずだ。

今の彼女は、何か理由があって冷静な判断ができなくなっているのかもしれない。

「……アデルには好きな人がいるからと、ちゃんと理由を伝えたはずよ」

言い聞かせるようにはっきりと告げた私の言葉に、きょとんと目を丸くしたセレーナは、次の瞬間、弾けたような大きな笑い声を上げた。

「あはは、好きな人！　まさかこの状況でそんなこと言われるとは思っていなかったわ」

室内に響き渡る笑い声を前に、呆然と目を瞬いてしまう。

ひとしきり笑った彼女は、反動を付けて椅子から立ち上がると、こちらに歩み寄りベッドの端に腰を下ろした。

「勘違いしているみたいだから言っておくけど、私が貴女の弟に面会を求めたのは、縁談だとか恋愛だとか、そういう理由じゃないわ」

　こちらを覗き込みながらにっこりと微笑んでみせるセレーナを前に、再び頭が混乱し始める。

「さ、さっきテラスでは、会えば自分の魅力に気付くかもって――」

「ああ、そんなこと言ったかしら？　そんなの建前に決まってるじゃない。そう言えば貴女が考え直して、もう一度弟を説得してくれるかもって思っただけ」

　片眉を吊り上げて笑ってみせる彼女に、思わず身体を引いた。

　逃げられないよう私に拘束具をつけて自邸に閉じ込めながらも、変わりなくこちらに微笑みかけている彼女が一体何を考えているかわからず、得体の知れない恐怖に肌が粟立つ。

「どうして……」

　震えるような私の呟きに、セレーナは小さく首を傾げた。

「私の知っているセレーナは、強くてカッコよくて……打算的なところはあっても、なんだかんだ面倒見のいい頼れる人だったわ」

　そんな彼女が、まるで物語の悪役のような真似をしていることが信じられなくて、思わず拳を握ってしまう。

　言葉に詰まった私を見て、セレーナの瞳が一瞬揺らいだ気がした。

　お互いを見つめ合ったまま、室内には僅かな沈黙が落ちる。

　張りつめた空気の中に、ぽつりと小さな溜め息が耳に届いた。

「……全て第一王子が悪いのよ」

思いもよらぬその呟きと共に、セレーナは硝子のような瞳を床に向けた。

「ライアス陛下のこと？」

彼女の口から出てきた意外な人物の名前を口に出せば、彼女は唇を噛み締める。

「アイツが王妃様を追い出したせいで、我が伯爵家は滅茶苦茶《めちゃくちゃ》になったんだから」

怒りの滲むその声音に、思わず目を瞠った。

「どういうこと……？」

私の問いに、彼女はこちらから視線を逸らすと、その口を開く。

「うちは、もともと王妃様のご実家に仕えてきた家の分家だったのよ。その縁もあって、彼女が王妃の座を得てからは、便宜を図ってもらえるように全ての私財を注いで彼女をバックアップしていたの。彼女の生んだ第三王子が王位につけば、十分な見返りが返ってくるはずだったわ」

知らなかった事実に、目を瞬くことしかできない。

「それなのに――」

言葉に詰まったセレーナは、その手でドレスの裾を強く握りしめた。

「アイツが――第一王子が戻ってきて、全てが台無しになったのよ」

その声が、薄暗い部屋にやけに低く響く。

「碌《ろく》な審議もなく王妃様を吊《つる》し上げたアイツは、王城にいた協力派まで全て王城から追い出して、当然のように王位についていたわ。第三王子が就くはずだった王位の座に。隣国から帰って一ヶ月で即位だなんて信じられる？　絶対に汚い手を使ったに違いないわ！　王妃様はアイツに嵌められたのよ！」

そう叫んだ彼女は、自身の脚に強く拳を叩きつけた。

初めて耳にする彼女の事情に、言葉を失う。

王妃が我が物顔で王城を支配し、第一王子と第二王子を虐げているという噂は、長い間社交界の中でまことしやかに囁かれていた。

『ディアロスの英雄』を読んだ前世の記憶があったことで王妃の悪行はしっかり頭に入っていたし、実際にアデルの脅《おび》えようを見れば、その噂が事実であったことは明らかだ。

ただ、一時とはいえ王城を掌握した王妃のしたたかさを考えれば、もしかしたら彼女のような自分を支持する者達には、自身の行いを正当化するようなことを語り、噂こそがデマであると信じさせていたのかもしれない。

まさかこんなところに王妃の影響が残っていたなんてと思わず眉を顰める。

「王妃様は自分の御子《おこ》がかわいかっただけよ。それなのに突然隣国から帰ってきたと思ったら、あっというまに王座を掠めとるなんて、第一王子はなんて卑怯なの！」

王妃に肩入れして、第一王子を目の仇《かたき》にするセレーナの言動に、自分の想像が当たっていたことを確信する。

「おかげで、うちを始め第三王子を推していた王妃派は大損だわ。あれだけ注いだ私財は何一つ返ってこないし、我が家に残ったのは虚栄心と借金だけよ！　これから一体どうやって立て直していけばいいの⁉　もうどこにも余裕なんてないのに、虚栄心だけで借金を増やしながら夜会なんて開いているのよ？　馬鹿みたいでしょう⁉」

声を張り上げた彼女は、その目に涙を溜めながら肩で息をしている。

セレーナの言葉を聞いて、なんとなく彼女の本心を察してしまった。

彼女はただ、実家の窮状を誰かのせいにしたいだけだ。

貴族同士の権利闘争なんて今に始まったことではない。

次の権力者を見定めて投資する。

投資相手を見誤ったとしても、それは各々の責任であって、その座に就いた誰かのせいではない。

彼女の第一王子に対する恨みは、ただの逆恨みでしかなかった。

そんな貴族社会の基本くらい、セレーナだって理解しているはずだ。

それでも認められないのは、貴族としての体面ばかりを気にして節制しようとしない親や周囲への苛立ちがあったからなのかもしれない。

やりきれない思いを胸にセレーナを見つめていれば、強く噛みしめられていた彼女の唇がゆっくりと開いた。

「……だから、アイツに報復してやろうと思ったの」

低く呟くと共に、セレーナが顔を上げる。

「でもアイツの周辺は守りが堅くて、いつのまにかベイル公爵家が後ろ盾についているし、隣国からは新国王を厚く歓迎する声明が出されてしまっていたわ。一国の主となったアイツには、私達のような下級貴族では手も足も出ないの。アイツは何不自由ない高みから、貧しさに喘ぐ私達を馬鹿にしているのよ」

「そんなこと――」

「だから私達はアイツじゃなくて、アイツが大事にしているものを掠めとることにしたの」

そう口にした彼女の瞳に、怪しげな光が宿った。

「アイツが大事に大事に、どこかに隠している『第二王子』よ」

突然出てきた『第二王子』の言葉に、身体が強張る。

私の緊張を知ってか知らずか、セレーナはこちらに向かって、にっこりと微笑んだ。

「アイツが国中にお触れを出して、戴冠式で大々的にお披露目をすると言っていた第二王子が当日現れなかったら、新国王の威信も地に落ちると思わない？」

「それは一体……」

艶やかに微笑む彼女に、背筋がすっと寒くなる。

「やだ、殺したりなんてしないわよ。私達だって自分達の手は汚したくないもの」

その言葉に詰めていた息を吐けば、セレーナは何がおかしいのか声を上げて笑った。

「大切な弟が拐《かどわ》かされたと知ったら、国王陛下はさぞ驚かれるでしょうね。その上、自分が恨みを買っていた相手から身代金の請求をされたら、どんな顔をするのかしら」

言葉とは対照的に、声を弾ませる彼女の姿に肌が粟立つ。

国王陛下相手に身代金の請求だなんて馬鹿げている。

仮にも爵位を持つ貴族達がそんなことをすれば、爵位剥奪《はくだつ》の上に一族全員の処刑もありえるだろう。

そこまで想像して、ハッととある可能性に気付いた。

――まさか、それも承知の上で……？

セレーナの家は、もうどこにも余裕がないのに、借金を増やしてまで貴族の体面を保とうとしていると言っていた。

これ以上失うものがない者には、恐れるものなど何もない。

自分の知らない社交界の裏側を垣間見て、思わず彼女の腕を掴んだ。

「セレーナ、そんなことをしたらダメよ！　戻って来られなくなってしまうわ」

「ふふ、第二王子は国王陛下の二つ年下の十八歳で、王家の金色の髪と母親譲りの青の瞳をしているらしいわ」

私の声など聞こえていないのか、セレーナは歌うように声を続ける。

「クレアの弟は、金色の髪に青色の瞳なんですってね」

その言葉に、びくっと身体が跳ねた。

動揺を悟られないようにと表情を取り繕う私を見て、彼女は穏やかな笑みを浮かべる。

「ふふ、大丈夫。クレアを疑っているわけじゃないわ。貴女が騙されている可能性だって十分あるんだもの」

どこか嘲るような口調でそう告げたセレーナは、指先で私の拘束具の鎖を撫でた。

擦れるような金属音を耳にしながら、緊張に震える唇をゆっくりと動かす。

「……金髪に青色の瞳なんて、この国ではそう珍しくもないと思うけど」

絞り出した私の声に、彼女は鎖を弄びながら小さな笑い声を上げた。

「ふふ。第二王子の背中には、昔鞭に打たれた大きな痣《あざ》が残っているらしいのよ。そう簡単には消えない傷だって聞いているから、それさえ見れば本物かどうかすぐにわかるわ」

その発言に、すっと血の気が引く。

これまで毎日のように身体を重ねてきているが、その中で、アデルが服を脱ごうとしたことは一度もなかった。

実際痕が残っているかこの目で確かめたことはないが、何度身体を重ねても服を脱ごうとしなかった彼の行動が、痣の信憑性《しんぴょうせい》を裏付けているようで落ち着かなくなる。

もしアデルがここに来てしまったら、セレーナ達に拘束されて、どこかに連れ去られてしまうかもしれない。

彼女の後ろには、同じように第一王子に恨みを持つ共犯者が複数いるのだろう。

私のせいで、アデルを危険な目に遭わせるわけにはいかなかった。

——なんとかして、ここから逃げ出さなきゃ。

そう思いながら周囲を窺えば、不意にセレーナが小さな笑い声を上げた。

「貴女を迎えに来るように子爵家に早馬を送らせたのは随分前だから、そろそろ届いている頃じゃないかしら。必ず弟宛に渡すよう言い含めておいたから、今頃出発の準備をしている頃かもしれないわね」

楽しげなセレーナの声に、内心焦りを感じながらも、表面上は笑顔を取り繕う。

「弟は人と接することが苦手だから、別の迎えが来るかもしれないわ」

「あら、それはどうかしら」

そう口にしたセレーナは、くすりと笑った。

「クレア、貴女先日エーデル湖に行ったんでしょう？」

その言葉に、目を見開く。

——なぜそれを。

そう口にしかけて、全身から血の気が引いた。

エーデル湖に行った帰り、私達を襲ったのは『第二王子』を狙った賊だった。

あのときアデルは相手を王妃側の残党と言ったが、彼等がセレーナ達と繋がっていたとすれば辻褄《つじつま》が合ってしまう。

「エーデル湖から出てきた馬車が、マディス子爵家で若い男女を下ろしたって聞いたの。金髪の男と茶色の髪の女性。片方は貴女でしょう？　クレア」

既に確信を得ているような物言いに、ぐっと唇を噛みしめる。

そんな私を見て、セレーナはにこやかに微笑んだ。

「私も、それを聞くまでは半信半疑だったわ。でも、それでようやく確信を得られたの」

そう口にした彼女は、手で弄んでいた鎖を掴み、ぐっと握った。

「貴女の弟は、アベル・ディアロスなんでしょう？」

彼女の口から出てきた第二王子の名前に、心臓がどくんと跳ねる。

緊張で強張りそうになる口元を何とか押さえながら、精一杯貴族令嬢らしく、自身の顔に笑みを張り付けた。

「知らないわ。私の弟は、アデル・マディスだもの」

そう告げた私を見て、セレーナは目を細めながら小さく首を振る。

「全く、相変わらず強情ね」

肩を竦めた彼女は、私のドレスの胸元を掴むと顔を寄せた。

「まあ、第二王子がクレアに正体を明かしていない可能性もあるわよね。もしそうだとしたら、大切な弟に裏切られていたんだから、あまりに可哀想な話だけれど」

嘲笑交じりのその声に、ぐっと怒りを抑え込む。

ここで反応しては、相手の思《おも》う壺《つぼ》だ。

必死に平静を取り繕っていれば、不意にセレーナが拘束具の鎖から手を離した。

「恨むなら、第一王子を恨んでちょうだい」

ベッドの上に落ちた鎖は、金属同士が擦れてしゃらしゃらと甲高い音を響かせた。

「貴女は第二王子を呼び出すための囮《おとり》なの。大人しくしていて」

そう告げた彼女の瞳に、一瞬これまでのような強い光が戻った気がして、慌てて顔を上げる。

「セレーナ！　こんなことをしても――」

そう口にした瞬間、コンコンと扉を叩く音が響いた。

――アデル⁉

まさかこんなに早く着てしまったのかと、焦りから身を硬くする。

「はい」

セレーナの返事と同時にゆっくりと開いた扉の向こうに見えたのは――見慣れない黒髪の青年だった。

――アデルじゃ、ない……？

悪い予想が当たらなかったことに安堵の息を溢していれば、こちらを一瞥した彼は、にこやかな笑みを浮かべると、セレーナのほうに視線を向けた。

「セレーナ、父上がお呼びだよ」

「あら。それだけのためにわざわざ、お兄様がお出向きになったんですの？」

冷たい言い草の彼女の言葉に、彼がセレーナの兄であることを把握する。

セレーナとは夜会やお茶会で度々会う仲だったが、彼女の兄を見たのは今日が初めてだった。

本日の夜会でも主催者挨拶に姿を見せていなかったのは、何か理由があるのだろうか。

私を見られても平然としているセレーナの様子からして、彼もこの計画の協力者の一人ではあるのだろう。

「ああ、クレア。以前話したことがあったかもしれないけれど、一応紹介しておくわ。今年で二十二歳になる伯爵家嫡男だというのに、ふらふらしてばかりで全く頼りにならない甲斐性《かいしょう》無しの兄アロイスよ」

「あはは、セレーナそんな言い草をしなくてもいいじゃないか」

「あら、本当のことしか言っておりませんわ」

場にそぐわない明るい声を上げた彼に、セレーナは冷ややかな言葉を返す。

セレーナより頭一つ背の高い彼は、ふんわりと広がる黒髪にセレーナと似た吊《つ》り上がった目つきが、どこか人懐っこい黒猫のようにも見えた。

普段からはっきりとした物言いのセレーナとは対照的に、にこやか——悪く言えばへらへらとした彼の話し方からは、どことなく軽薄さが伝わってくる。

「セレーナ、父上が待っているんだから早く行ったほうがいいよ？」

「今はお伺いできないとお伝えください。私にはクレアを見張る役目がありますから」

突っぱねるように言い放つセレーナに、扉の前の彼はなんでもなさそうに明るく笑った。

「あはは、そんなの俺が代わればいいだけの話じゃん。早く行ってきなよ」

「私に指示しないでくださる？　今回の作戦だって私の協力がなければ――」

「えーいいの？　俺に呼びに行かせるくらい急ぎの用事なんだと思うよ？」

とぼけるような彼の声に、セレーナはぐっと押し黙った。

何かしらの心当たりがあったのだろう。

しぶしぶといった様子でベッドから腰を上げた彼女は、扉の前にいた彼と並び立つと、キッと相手を睨みつけた。

「……クレアは第二王子とは無関係ですから、くれぐれも余計な真似はしないでくださいませ」

「分かっているって。任せてよ」

ヒラヒラと手を振って見せた彼に向かって、盛大な舌打ちをしたセレーナは、静かに扉を閉めるとその向こうに消えていく。

薄暗い部屋には、自由を奪われた私と、代わりの見張り役だという彼が取り残された。

二人きりのゲストルームには、時計の針の音がやけに大きく響く。

「クレア嬢、だっけ？　初めまして」

にこやかな声を掛けられ、びくりと肩が跳ねた。

視線を向ければ、何を考えているのかわからない締まりのない表情を浮かべた彼が、こちらを見つめている。

「……何か？」

警戒したまま言葉を返すと、視線の先の彼は、にこりと笑みを浮かべて、こてんとその首を傾げた。

「ふふ、セレーナの友達だけあって真面目なんだね」

意図の読めない発言に眉根を寄せれば、彼は軽やかな足取りでこちらに向かってくる。

「意味が、わかりませんが」

「あはは、そうやってわかりやすく警戒してくれるところ、毛を逆立てた雌猫みたいで可愛いなぁ」

「はぁ」

ふわふわと掴みどころのない相手の発言に、眉を顰めることしかできない。

側に立った彼は、弾むようにベッドに腰を下ろした。

「セレーナから、俺のこと何か聞いてる？」

突然の問いかけに、困惑しながらも以前セレーナが口にしていた話を思い出す。

『クレアも、うちの兄のような男を選んではだめよ。今年二十二歳になる伯爵家嫡男だっていうのに、あっちにフラフラ、こっちにフラフラ……何を言っても、どこ吹く風でのらりくらりと逃げ回っているのよ。ああいう男を押し付けられないためにも、私は絶対に素敵な結婚相手を見つけてみせるわ』

彼女に言わせれば頼りない兄という話だったが、実際はどうなんだろうと、ちらりと視線を向ける。

「はは、その顔を見るとやっぱり何か言われてたんだ」

笑顔を崩さないままそう口にした彼は、寛ぐように後ろ手をつくと、脚を組んでどこか遠くを見つめた。

「うちはさ、セレーナがしっかりしてるから、俺は必要ないんだよねぇ」

理解できないその言葉に、つい首を傾げる。

「……どういうことですか？」

「言葉のまんまだよ。俺、堅苦しいことが苦手でさ。公的な行儀や社交事からちょっと逃げていたら、いつの間にか用無しの烙印《らくいん》を押されてたんだよね。今日の夜会の主催者挨拶にも呼ばれなかったし」

主催家の嫡男が挨拶に呼ばれないというのは、廃嫡も視野に入れているような状況ではないだろうか。

想像していたよりも深刻な状況に、眉根を寄せてしまう。

「……自分から状況を改善しようとされないんですか？」

私の問いに、彼は不思議そうに首を傾げた。

「どうして改善する必要があるの？」

予想外の返答に、目を瞬く。

負け惜しみを口にしているのではなく、心から疑問に思っているようなその態度に、なぜか薄ら寒くなり気付けば肌を摩っていた。

「俺は俺のしたいことができればそれでいいし、このままでいいよ」

満面の笑みを浮かべる相手には、自暴自棄になっている様子もない。

「このままって……？」

「好きな時間に起きて好きな時間に寝て、好きな女の子達と時間を過ごして気持ちいいことだけしていたいんだ。何にも縛られたくないんだよね」

へらりと笑った相手の発言に、冷や水を浴びせられたような心地になる。

先程セレーナは、伯爵家の行く末を思うがゆえの、やりどころのない気持ちを吐露していた。

必死に足掻《あが》こうとしていた彼女の努力を無碍にするようなその発言に、腹の底から怒りが湧き起こってくる。

「……その自由のために、義務を果たす必要があると思うのですが」

こみ上げてくるものを押さえつけながら口を開けば、思ったよりも低い声が出た。

自由を得るためには、対価を払う必要がある。

私達貴族が十分な食事を得られ、衣服を仕立てる余裕を与えられているのは、領地を治め国に貢献しているからだ。

その義務を放棄して、我儘《わがまま》放題を続けたいだなんて道理が通らない。

「えー果たしてるじゃん。俺が俺らしく生きてるだけで十分でしょう？」

へらりと笑う相手に、益々《ますます》いら立ちが募っていく。

「……セレーナは、家のためにとこんなことまでしているじゃないですか」

「ああ、セレーナ。ほんと馬鹿だよねぇ」

その言葉に、頭の中が真っ白になった。

「馬鹿？」

「うん、だってこんな傾きかけてる家、放っておけばいいじゃないか。本当に困ったら、どうせ誰かが助けてくれるよ」

そののんびりした口調に、カッと頭に上っていく。

その傾きかけている家を、セレーナは必死に守ろうとしていた。

自分を騙したとはいえ、あの前向きで野心家な彼女が、将来を捨てる覚悟で選んだ道を、同じ立場の人間が馬鹿にしていいはずがない。

「先程貴方が言っていた自由を謳歌《おうか》するためには、伯爵家の存続が必須なのではありませんか？」

「あはは、そんなの誰かがするでしょ。わざわざそんな苦労を買って出るなんて、馬鹿のすることだって」

私の低い声を気にした様子もなく、彼はひらひらと手を振りながら笑い飛ばす。

『何を言っても、どこ吹く風でのらりくらりと逃げ回っているのよ』

まさかこんな状況で、セレーナの言葉を実感するとは思ってもいなかった。

「それよりさ、君が第二王子の想い人って本当？」

「は――」

突然の問いかけに、言葉を失う。

なぜそんなことを知っているのかと相手を凝視していれば、彼は楽しげに頬杖をついた。

「二人でエーデル湖に行ったんでしょ？　王族にしか許されない避暑地に招かれるなんて、絶対そういうことだよね？」

弾む声でそう口にしながら、向かいの彼は、ずいとこちらを覗き込む。

「ねぇ、どうやって第二王子を誑《たら》し込んだの？」

目の前に現れた顔に、反射的に身体を引いた。

動いた拍子に、脚に付けられていた枷の鎖がしゃらりと音を立てる。

その音に枷の存在を思い出したらしい彼は、ぽつりと声を漏らした。

「ああ、そっか。身動き取れないんだ」

どこか嬉しそうなその声音に、ぞくりと肌が粟立つ。

言い知れない恐怖に身を縮こませていれば、向かいの彼がにこりと微笑んだ。

「その胸元にある薄青色の石、もしかして第二王子からの贈り物？」

その声に、反射的に胸元に光る石を隠す。

私の仕草を見て、彼は満足げに目を細めた。

「やっぱり？　お揃いの装飾品をつけているなんて、すっかり入れあげてるじゃん」

嘲るような物言いに、キッと相手を睨みつければ、なぜか相手はその笑みを深くする。

「俺にも、その技見せてよ」

そう口にした彼から伸びてきた手を、反射的に身体を捻って避ける。

私に逃げられたことに目を瞬いた彼は、こちらを見つめると、ぐっと身体を乗り出した。

「やっぱり、もう肉体関係があったりするの？」

細めた琥珀色《こはくいろ》の瞳に見つめられると、蛇に睨まれた蛙《かえる》のように動けなくなる。

「教えてくれないなら、実際に確かめちゃおうかな」

その声に身を震わせた瞬間、彼の手がドレスの裾の中に滑りこんだ。

慌てて身を引こうとしたのも間に合わず、彼の手によってドレスの裾がめくれ上がる。

「あはは、やば。痕すごいね」

興奮気味に声を上げた彼の視線は、私の脚元へと注がれていた。

捲られたドレスの内側から覗いた昨夜の情事の痕に、カッと顔面に血が集まっていく。

「やめっ――」

慌てて裾で足元を隠そうとしても、力で男性に勝てるはずがなかった。

「第二王子って嫉妬深いんだね。それとも特別君に執着してるのかな？」

楽しげな声を上げた彼は、太腿の内側に残る痕を確かめるように指先で触れる。

アデルにしか触れられたことのない場所に触られた不快感に、びくりと身体が強張った。

「すごいなぁ。よっぽど具合がいいのかな」

そう呟いた彼は、その指先をつつっと這《は》わせていく。

「貴族令嬢が婚前交渉だなんて、見た目によらず大胆なんだねぇ」

嘲笑するようなその言葉に身を震わせた瞬間、ベッドに上がってきた彼がこちらを見下ろした。

「もうすっかり使い込まれてるみたいだし、俺にも味見させてよ」

人の尊厳を踏みにじるような発言を平然とする相手に、頭が真っ白になる。

「な――」

声を上げるより先に、彼の手が胸元に伸ばされた。

ドレスの上から胸元を掴むようなその感触に、ぞっと寒気が走り、必死に身体を捩る。

「さ、触らないで！」

「あはは。初めてでもないんだし、そんなに抵抗しないでよ。自慢じゃないけど、俺下手じゃないし安心してくれていいからさ」

一方的に語りかけてくる相手が、その手で強引にドレスの生地を引っ張れば、胸元のレースがぶちぶちと引きちぎられていく。

「やめて！」

「こういうのも興奮するよね。大丈夫だよ、これまで抵抗する女の子もいたけど、最後は気持ちよさそうに喘いでたし」

信じられないことを口にしながら、彼は私のドレスを引きちぎっていく。

ビリビリと派手な音を立てながら、美しく編み込まれていた繊細なレースはただの糸の縺《もつ》れとなり、輝きを添えていた宝石は四方に弾けて床に散らばる。

――アデルが贈ってくれたドレスなのに。

既に服として機能していない碧色の布を見下ろして、涙が滲《にじ》みそうになる。

そんな私の様子などお構いなしに、こちらを見下ろす彼は、その手を脚に這わせた。

「どんなふうにされるのが好き？　強引にされるのがいいとか、痛くされるのが好きとか色々あるでしょ？」

彼の言葉に、ぞっと背筋が凍る。

生温《なまぬる》い不快な体温に、嫌悪感しかない指先の感触。

逃げたいのに恐怖で身が竦んでうまく動かせなかった。

「や、やだ……」

「わかった、無理矢理《むりやり》系が好きなんだ。すぐに気持ちよくしてあげるね」

私の言葉など全く届いていないかのように楽しげな声を上げた彼は、その指先で下着に触れる。

これまでアデルにしか許していなかった場所に触れられ、紐が引き抜かれようとする感覚に、堪えきれないものが視界を滲ませた。

「やっ――アデル！」

思わずその名前を呼んだ次の瞬間、信じられないことが起こった。

カシャンと何かが割れる音と同時に、私の上に馬乗りになっていた男の身体が、ふらりと傾ぐ。

その肩には、長い刃物が突き刺さっていた。

「え、ぁ――」

相手が呆然と肩に刺さったものに手を伸ばした瞬間、私達の間に入ってきた何かが、相手の男を殴り飛ばした。

「ぐぁっ！」

どしゃっと床に叩きつけられた男は、肩の痛みにのた打ち回っている。

信じられない光景に目を瞠っていれば、男を蹴り飛ばした黒い影が、ゆっくりとこちらを振り返った。

恐怖に身を竦める私に、影は頭からかぶっていた暗色の外套を外す。

下から覗いたのは、金色の髪。

窓から差し込む月の光を反射する前髪を掻き上げれば、そこには見慣れた青い双眸があった。

「アデルっ……！」

それが誰だかわかった瞬間、私はなりふり構わず力一杯彼に抱きついていた。

目の前に立つ彼の姿に泣きたくなるほどの安心感を覚えながらも、アデルがこの場所にいるという事実に血の気が引く。

セレーナ達の思惑を知ってしまった以上、アデルをここに長居させるわけにはいかなかった。

震える唇を強く噛んで、顔を上げる。

「アデル、今すぐここから逃げて。これは貴方を呼び出すための罠《わな》なの！」

私はアデルを呼び出すための餌であり、囮だ。

まんまと、この場に現れたアデルを彼等が見逃すはずがない。

「大丈夫。僕とは別に、正面からは騎士団の連中が突入する予定だから」

さらりと言い放ったアデルの声に、ぽかんと口を開けた、

「騎士、団……？」

そう呟いた瞬間、部屋の外から突如咆哮《ほうこう》が上がり、俄に周囲が騒がしくなる。

何が起こっているかわからず周囲を見回していれば、どこから見つけたのか、アデルは拘束具の鍵を手に、私の脚についていた枷を外そうとしていた。

「たぶん、そろそろ兄上も着く頃なんじゃない？」

「兄――こ、国王陛下が⁉」

鍵が開くと共に、カシャンと音を立てて落ちた枷を、アデルは何の気なしに放り投げた。

「うん。戴冠式を前に、うっとおしい小蠅を一掃できて幸運だって言ってた。まったく、クレアが巻き込まれる前に全部片付けてほしかったよ」

「小蠅……」

ぶつぶつと不満を漏らすアデルを呆然と見つめていれば、不意に暗闇の中から呻き声が上がる。

その声に、先程まで自分を押さえつけていた人物が、床に倒れていたことを思い出した。

「っ……アンタが第二王子？」

剣の突き刺さる肩を庇いながら起き上がろうとしていた彼は、殴られた顔を引き攣らせながらアデルを見上げる。

「その質問に答えるとでも？　どうせ五日後には第二王子のお披露目があるんだから、それまで楽しみにしておいたら？」

淡々と答えるアデルの声に、彼は青い顔をしたままその場に座り込んだ。

「それよりさ」

短く呟いたアデルは、カツカツと足を進めると、床に座り込む男の側に立つ。

「アンタ、クレアに何してたの？」

そう口にすると同時に、アデルは男の肩に突き刺さっている剣の柄をぐっと握った。

その振動で傷口を抉られたのか、短く呻き後を上げた男は、力なくずるずると壁に背を預ける。

「僕が贈ったドレスが引き裂かれて、クレアの肌が見えてる。どういうこと？」

淡々とした口調で質問するアデルが、首を傾げる。

場にそぐわないきょとんとした表情には、そこはかとない怒気が漂っていた。

「答えろよ」

地を這うような低音と共に、肩を貫通していた剣に力が込められる。

「ぐ、ぅっ……」

更に深く傷口を抉られた男の呻き声が、室内に響いた。

「……っは、そんな、目くじら立てるようなことでも、ないだろ」

「どういうこと？」

絞り出した男の声に、アデルは首を傾げたまま質問を口にする。

「アンタが使い込んだ女がどんな具合なのか、味見しようとしただけだって。ドレスを割いたのだって、そういうプレイってだけだし」

「は？」

「やだやだ言いながらも強引に組み敷いてほしいって女、結構いるよ？　これまでの女たちだって、はじめは嫌がるそぶりを見せても、最後は気持ちよさそうに喘いでたんだから。そもそも、男を誘うようなドレスを着て夜会に来てる時点で、向こうだって期待して――」

「意味が分からないこと言わないでくれる？」

冷ややかなアデルの声が、男の声を遮った。

小さな音を立てて剣の柄を握り直したアデルは、男を見下ろしながら静かに口を開く。

「アンタがどれだけ夜会で出会った女と関係を持ってきたのかは知らないけど、それとこれとは話が別」

そう口にした彼は、にこやかに微笑んだ。

「その汚らわしい手で、クレアに触んな」

「ぐあぁっ‼」

彼の手がぐっと剣を突き立てた瞬間、男から断末魔のような悲鳴が上がった。

「一応教えておいてあげるけど、人間内臓を突き上げられたら勝手に声が漏れるらしいよ。それを喘ぎ声だと勘違いしちゃってるんじゃない？」

にこりと笑顔を浮かべながら、突き刺していた剣で傷口を抉る。

「クレアに触ったその指も一本一本切り落としておきたいところだけど、あまり残虐な光景を見せたくないから、もうすぐここを制圧する騎士団に任せることにするよ」

にこやかな声音でそう告げたアデルは、壁に縫いつけられた相手の首元を掴むと、その顔を覗き込んだ。

「ひっ――」

上体を浮かせた男が、脅えたような悲鳴を上げる。

「そんなに脅えることないじゃない。僕は自分の大切なものに手を出されなければ、割と寛容だよ？」

言葉を切った彼は、相手に向かって小さく首を傾げた。

「ただ、そのぶん大切なものに手を出されたら、どこまでも追いかけて掴まえて、自分がしたことを十分後悔できるように、やったことよりもっと酷い目に遭わせて、一番痛みを感じる方法で切り刻んで獣の餌にしちゃおうかなって思うけど」

アデルの口から次々と飛び出す不穏な言葉に、男の顔は真っ青に染まっていく。

「ああ、でもその前に、さっき聞いただけでも随分と女性に酷いことしていたみたいだし、処刑前に一度自分自身でその痛みを体感してみたらいいんじゃないかな。ほら、我が国にも同性同士の行為を楽しむ層は一定数いるみたいだし、僕から看守に口利きをしてあげてもいいよ？」

まるで無慈悲なアデルの声に室内が凍りついた瞬間、派手な音を立てて扉が開いた。

「ご無事ですかアベ――アデル様⁉」

勢いよく駆け込んできた相手は、私の姿を確認した瞬間、即座に呼び名を改める。

その制服から一目で騎士団の一人であることがわかる彼は、アデルを見つけると、顔を青褪めさせながら慌てて駆け寄っていった。

「汚れ仕事はこちらの仕事ですから、私達に任せてください。何度も言っていますが、貴方自らが先陣を切って動かないでください！」

ガミガミと叱るような彼の主張に、アデルはとぼけたように頬を掻く。

どこか親しげな二人の様子に、そういえば制服を着ている彼は、エーデル湖に行ったときの護衛の中でも見た顔であることを思い出した。

あのときも護衛対象であるはずのアデルが武器を取って馬車を出てきたのだから、彼はきっと肝を冷やしたことだろう。

反省の色の見えないアデルにひとしきり御小言《おこごと》を言った彼は、アデルの手から剣の柄を奪うと、躊躇なく相手から引き抜き、痛みに絶叫する男の鳩尾に肘を入れて、その身体を肩の上に担ぎ上げた。

その鮮やかな処理を呆然と眺めていれば、青年は男を担いだままアデルに向き直る。

「協力者は、これで全員のようです」

業務的な口調に戻った彼の言葉に、アデルは静かに頷いた。

「兄上は？」

「首謀者の尋問をしています。……問いただし方は兄弟そっくりですがね」

げんなりした様子の彼に苦笑を漏らしたアデルは、肩を竦めてくるりと私のほうを向き直る。

すたすたと足を進めると、身に纏っていた外套を外して私の肩にかけた。

「目の毒だから」

その声に視線を落とせば、ずたずたに引き裂かれた自分のドレスが目に映る。

自分の姿を目の当たりにした瞬間、せっかく贈ってもらったドレスを台無しにされてしまった罪悪感や、先程まで身の危険を感じていた恐怖に震えそうになったが、すぐに危険が去ったという安堵を感じて張りつめていたものが一気に緩んでいく。

「あ、私……」

言いたいことはたくさんあるはずなのに、どれ一つ言葉にならず、ただただ滲んだ視界からぽたぽたと雫が頬を伝った。

アデルの温もりが残る外套を握りしめると、その温かさにますます涙が止まらなくなってしまう。

せっかく贈ってもらったドレスが、引きちぎられてずたずたになっていることが申し訳なくて、布を手繰り寄せるように胸元を隠した。

「僕は、クレアを送り届ける大事な用があるから、後は任せる」

「そうなさってください。お二人に大立ち回りをされては、私達の立つ瀬がありませんから」

小さな嫌味を溢した騎士団の青年は、男一人を肩に担いだまま部屋を去って行く。

二人きりになった部屋には、私の鼻をすする音だけが響いていた。

背中を摩ってくれるアデルの手の温もりを感じながら、引き寄せられるままに、彼の胸に頭を寄せる。

今日一日の出来事があまりに非現実すぎて、夢でも見ていたのかではないかと思ってしまう。

しかし、引きちぎられたドレスに先程まで足首に嵌められていた足枷《あしかせ》が視界に入れば、嫌でもこれが現実であることを実感してしまった。

「怖い思いをさせてごめん」

ふと耳に届いた小さな呟きに顔を上げれば、アデルの顔が視界に映る。

「アデル、どうしてそんな顔をしているの?」

「……僕、今どんな顔してる?」

私の質問に、彼はふっと口元を緩めた。

その拍子に、彼の目尻に溜まっていた雫がつっと頬を伝う。

「笑っているのに、泣いてる」

私の言葉に、アデルはくしゃりと顔を歪めながら私を強く抱きしめた。

「──クレアが無事で、本当に良かった」

そう口にしながら、アデルは私の首筋に顔を埋める。

ぽたぽたと首元を濡《ぬ》らす感覚に、私はそっと彼の背中に腕を回した。

「それはこちらの台詞よ。アデルが無事で、本当に良かった」

私のせいで、アデルが攫われることにならなくて本当によかった。

彼と離れて、再会できて、改めて自分の気持ちを実感する。

──アデルが好きだ。

エーデル湖に続き、二度も私を守ってくれたアデル。

この部屋にアデルが現れた瞬間、一番に彼をここから逃がさなければと思った。

自分を捨て置いても、どうしても彼を守りたいと思ったのは、アデルを失うことに耐えがたい恐怖を感じたからだ。

──こんなにも好きになっていたなんて。

薄々気付いてはいながらも、目を逸らし続けてきた想いが、いつのまにか大きく膨れ上がっていたことに驚く。

アデルに愛されたい。

自分の全てを受け入れてもらいたい。

そんな思いで心が埋め尽くされていく。

「アデル」

「……なに？」

私の声に、短く言葉を返した彼の頭を撫で、ゆっくりと口を開いた。

「貴方に話したいことがあるの」

もし自分の気持ちを告げたとしても、自分の中の『前世の記憶』だけは生涯心の内に仕舞《しま》っておくつもりだった。

しかし、全力で私のことを守ろうとしてくれたアデルに、もう何一つとして隠し事をしていたくない。

——全て打ち明けよう。

そう心に決めて、彼を抱きしめる腕に力を込めた。

第五章　告白

ジジッと明かりが揺れる音が響く。

薄暗い自室のベッドの上でその光をぼんやりと見つめていれば、コンコンというノック音と共に、扉が開かれる音が耳に届いた。

「……クレア、起きてる？」

声のしたほうに視線を向ければ、身を清めてきたのか、アデルは湿った髪を布で拭きながらこちらに向かっていた。

「水を浴びてきたの？」

「うん。さすがに汗もかいたし、多少なりとも返り血もあったからさ」

平然と返り血と言ってのけるアデルに、苦笑を漏らす。

私のお下がりのドレスが似合っていた頃とは似ても似つかないほど逞しくなった彼の姿に、改めて目を細めてしまう。

軽い足取りでベッド脇まで来たアデルは、身を起こした私の側にゆっくりと腰を下ろした。

「クレアは、大丈夫？」

顔色を窺うように下から見上げられて、ふっと笑みが漏れる。

「大丈夫よ。ありがとう」

事件の後、自邸に戻った私は、すぐに身体を休めるよう言われたが、アデル以外の男性に触れられた感触に耐えられず、どうしても身を清めたいと身体を洗わせてもらった。

それで触れられた事実がなくなるわけではないが、それでも全身を洗い流せば、少しは心が軽くなる。

口に出さないまでも事情を察したらしい侍女たちは、寝支度の手伝いを終えると、私がゆっくり休めるようにと、気分転換の香油を置いてくれたり温かな飲み物を用意してくれたりと気を使ってくれた。

その優しさにじんわりと心温められながら、部屋を去って行く彼女達に感謝を伝える。

アデルが現れたのは、一人きりになってしばらく経ってからだった。

私の代わりに今日あった出来事を両親に説明してきたという彼は、あらかた乾いた髪をさっと手ぐしで整える。

「……あんなことがあった後だし、今日は休んだほうがいいんじゃない？」

側机にあった飲み物や鎮静効果のある香油の香りで、侍女の気遣いを察してしまったのだろう。

相変わらず優しさの透けているアデルの言動に、つい頬が緩んでしまう。

「ううん、私が話したいの。アデルこそ、今日は大変だったのに呼び立ててしまってごめんなさい」

「別に、僕はクレアが許してくれるなら毎晩だって一緒にいたいから」

恥ずかしげもなく言ってのける彼の態度に虚を突かれながらも、じわじわと胸の奥が温かくなり緩み切った口元を慌てて引き結ぶ。

誤魔化しも照れ隠しもなく真っ直ぐ向けられる好意が、私の背中を押してくれるような気がした。

「それで、クレアが僕に話したいことってなに？」

じっとこちらを見つめる青い瞳に、緊張からごくりと喉が鳴る。

全てを打ち明ける覚悟を決めたはずなのに、いざとなると臆病な心が身体を竦ませてしまう。

黙っていれば、これからもきっと私の秘密を知られることはないだろう。

そう理解しながらも、どうしてもアデルに打ち明けたくなったのは、自分の全てを受け入れてほしいと願ったからだ。

震えそうになる唇をぎゅっと引き結ぶと、ゆっくりと口を開いた。

「……今から話すことは、俄かには信じがたいことだと思うし、アデルにとっては荒唐無稽に思えるかもしれないけれど、できれば最後まで聞いてほしいの」

「僕がクレアの話を、なおざりにしたことないでしょ」

指先で額を弾かれながら告げられたアデルの言葉に、ふっと肩の力が抜ける。

「言われてみれば、そうだったわね」

アデルはこれまでどんな拙い話でも、いつも最後まで耳を傾けてくれた。

幼い頃は、彼に色々なものに興味を持ってもらおうと、植物や料理や天気の話までひたすらに話しかけ続けていたが、そのときだって、たまに悪態を吐きながらも結局最後まで私の話に付き合ってくれていたと思う。

懐かしい記憶に、頬を緩ませる。

そんな彼なら、私の話もきっと信じてくれるはずだと、強く拳を握った。

「突然変なことを言ってしまうけれど……私、前世の記憶があるの」

「前世？」

眉根を寄せたアデルを見て、慌てて言葉を補足する。

「ええと、前世っていうのは生まれる前の記憶のことで、別の人生を生きた記憶って言えばいいのかしら」

あまりに予想外だったのか、彼は目を瞬きながら呆然とこちらを見つめていた。

「前世の私も本を読むことが好きで、暇さえあれば新しい本を手に取って読み耽《ふけ》っていたのよ」

「前世でも、クレアは貴族だったってこと？」

その言葉に、次は私が目を丸くする番だった。

彼の質問に納得しながら、ふっと頬を緩める。

「ふふ、ただの平民よ。前世の世界では平民でも簡単に本を読むことができる世界だったの」

この世界で本は貴重品だ。

今世でも読書を趣味にできているのは、幸運にも貴族として生まれることができたからに違いなかった。

「前世でも、たくさんの本を読んだわ。歴史書から恋愛ものまで何でも読んでいたのだけれど、特に好きだった作品の中に『ディアロス英雄』という物語があったの」

私の発言に、アデルの眉がピクリと跳ねる。

「『ディアロス』？」

訝しげな視線を向けられて、つい苦笑が漏れた。

「そう、聞き覚えがあるでしょう？」

私の問いかけに、彼は何かを思案するようにじっとこちらを見つめる。

「『ディアロスの英雄』という物語は、王妃に虐げられていた王子ライアスが成長し、王太子となるまでのお話だったわ」

主人公の名前に、アデルはすっとその目を細めた。

「……兄上と同じ名前だね」

「ええ、その通りね」

何かを推し測るような視線を感じながら、ゆっくりと視線を逸らす。

「物語の始まりは、第一王子であるライアスが、自身の命が狙われていることに気付き、必死の思いで隣国に逃れるところから始まるの。隣国に逃れてからも、自国から逃亡したことに対する後ろめたさを感じていた彼だったけれど、隣国で学び協力者を得た彼は、成長して自国に戻り諸悪の根源である王妃を断罪するのよ」

「ここ数年に起こった出来事、そのままだ」

その声に顔を上げると、肯定を示すように頷いて見せた。

『ディアロスの英雄』の舞台であるこの世界は、私が前世の記憶を取り戻すまでは、全て物語の筋書き通りに進んでいた。

歯車が狂い始めたのは、私がアデルに関わり始めた頃だろうか。

「私の知っている物語とこの世界とは、途中までは同じ道を歩んでいたのだけれど、あるときを境に少しずつシナリオが変わり始めたの」

その変化は数年前、突然第一王子が帰国したことから始まった。

「物語では、第一王子が王妃を断罪した直後に内戦が勃発したわ。帰国したばかりの第一王子は苦戦を強いられながらも反乱軍を制圧し、首謀者を打ち取り英雄となった。その功績が、第一王子を王太子として押し上げる力となって、主人公が立太子するところで物語は幕を閉じたの」

それが、私の読んでいた『ディアロスの英雄』の正しい結末だった。

ライアスの成長、彼の下に団結した貴族達、勝利に沸く民達が主人公の立太子を祝福するラストシーン。

前世に読んだ物語の記憶を辿りながら懐かしさに目を細めていれば、眉根を寄せたアデルが静かに口を開く。

「……現実では内戦は起こらなかったけど、兄上は問題なく即位したよね？」

彼の指摘に、頷いて肯定を示す。

『ディアロスの英雄』の物語の中で描かれなかった権力闘争の裏側は、正直私にはわからない。

しかし現実のライアス陛下が帰国するなり早々に王妃を断罪し、父親である元国王陛下を退けたことを鑑みれば、物語中とは違い、現実の彼の背後には強い後ろ盾や協力者がいたのだろう。

それらの正体はわからないが、この国を平和に導く助力になったことは間違いない。

「ライアス陛下が滞りなく即位されたことは、この国の貴族である私達にとっては非常に良いことだと思うわ。ただ物語のシナリオとは大きく変化していて、少しだけ驚いてしまったの。物語では、すれ違いから道を違えてしまった兄弟が内戦でぶつかり合うシーンがクライマックスだったから」

「は――」

目を見開いたアデルは、その唇を僅かに動かす。

動揺を見せる彼にこの先を伝えていいものだろうかと逡巡するものの、この期に及んで躊躇するわけにはいかないとゆっくりと口を開いた。

「内戦を起こした首謀者として主人公の手にかけられたのは、ディアロスの第二王子――アベル・ディアロスだったの」

自分の名前を呼ばれ、彼は呆然としたまま視線を彷徨わせる。

「僕が、反乱を？」

信じられないというような呟きに、不謹慎ながらも僅かに安堵を覚えた。

過去にアデルは、第一王子のことを隣国に逃げた卑怯者だと言っていた時期があった。

その頃から変化がなければ、今のような反応はなかっただろう。

ライアス陛下に対する彼の反応は、まさに今のアデルが『ディアロスの英雄』のアベル・ディアロスと決別した存在となっている証拠だった。

「ふふ。今のアデルなら、そういう反応になるわよね」

「どういう意味？」

思わず漏れてしまった笑い声に、アデルは怪訝《けげん》な視線をこちらに向ける。

「アデルは、ライアス陛下のことが好きでしょう？」

「……なんか誤解を招きそうな言い方なんだけど」

思いっきり眉根を寄せながらもまんざらでもないその様子に、改めて目を細めた。

「物語の中の『アベル・ディアロス』は、この国に関する全てを憎み絶望した青年だったの。王城で迫害され、身内の手を借りて一時的に身を隠した先でも、すぐに王妃の手先に見つかって連れ戻された彼は、頼る相手もなく孤独のまま恨み憎みを深めていったわ。全てに絶望した彼は、王妃への復讐と大嫌いなこの国全てを破壊しようと内戦を起こしたのよ」

出会った頃のアデルの姿が思い浮かぶ。

力なくぼんやりとどこかを見つめていた無気力な少年。

あんな姿になるまで、アデルは王城でどんな酷い扱いを受けてきたのかと想像するだけで胸が痛んだ。

あの日、庭園で見知らぬ男性に声を掛けられた際に、私が前世の記憶を取り戻していなければ、もしかしたら違和感に気付かずアデルのことを話してしまっていたかもしれない。

そんな未来を想像すると、背筋がぞっと寒くなった。

隣を見上げれば、私の発言を噛《か》み砕《くだ》くように考え込んでいるアデルの姿が映る。

その横顔を見ていれば、ふと当時のことを思い出した。

「あの日――前世の記憶を取り戻したとき、ここが『ディアロスの英雄』の世界であることに気付いて、少しだけ後悔したのよ」

「……後悔？」

「ええ、私が好きだった物語はたくさんあったのに、よりによってどうして転生先が『ディアロスの英雄』だったのかって。内戦が起こるということは、自分や大切な誰かが傷つく可能性だってあるもの。だから、私が一番に考えたのは、どうやったら内戦を回避できるかだったの」

ぽつぽつと呟く私の言葉に、アデルは黙ったまま耳を傾けているようだった。

「なんとかして内戦を回避できないかと色々と考えたわ。隣国に逃亡するとか無茶《むちゃ》なことも考えてみたけれど、ふと家に来たばかりの貴方がアベル・ディアロスなんじゃないかって思ったの。だって、うちは貴方のお母様の親戚筋だったたし、年齢も見た目も一致していたから」

あのとき、私はアデルが第二王子である確証が欲しくて彼の部屋に向かった。

本当の髪色を知ってその正体を確信してからは、とにかく孤独を感じさせまいと外に連れ出すことに必死だった。

「あのときアデルを部屋から連れ出したのは、悲しい気持ちに沈んだままでいてほしくなかったからだし、隣国への留学を勧めたのは王妃の手の届かない場所に逃れてほしかったから。そう思う気持ちは確かにあったのだけど――」

アデルを救いたいという気持ちは間違いなく私の本心だった。

しかし、その裏に内戦が起こらないようにしようとする作為があったことは否めない。

深く息を吐くと、両手をぎゅっと握って隣に座るアデルを見つめた。

「……当時の私は、貴方が内戦を起こさないよう、この国に対する憎しみや王妃に対する復讐心から目を逸らせようと行動していたわ。それは、ただ自分自身が内戦に巻き込まれたくないだけのエゴでしかなかった」

言葉にしてみると、なんて自己中心的な考えだろうと思う。

自分が望む未来のために、私はアデルの人生に大きく干渉してしまった。

「私の都合で貴方の人生に口を出してしまったこと、本当にごめんなさい」

謝罪と共に深々と頭を下げる。

生まれ育ったこの国が戦禍に呑まれれば、どこかで誰かの大切な人が傷つき、命が失われてしまうかもしれない。

そうならないように、内戦を起こさせないための行動をしていた私は、ある種の正義感に酔っていたのだと思う。

「あの頃の私は、内戦を回避することが正しい行動だと信じていたの。私の軽率な行動が、貴方にどんな影響を与えるかなんて考えられていなかった」

あの頃は、この世界を『ディアロスの英雄』そのものだと思っていたし、アデルについても登場人物の一人くらいにしか認識していなかった。

『部屋に閉じこもっていた僕を訪ねてきてくれたクレアが、救いの手を差し伸べてくれたとき、女神様だって思った』

『不器用でお人よしで、自分だって頼りないくせにやたらと僕を庇おうとする。そんなクレアの側にいると楽しくて幸せで目が離せなかった』

『僕はクレアに、生まれて初めての恋をしたんだ』

以前アデルが口にしていた言葉を思い出す。

あのとき彼が口にした私に対する好意は、全て内戦を回避しようとしていた私の行動に紐付《ひもづ》いていた。

物語の先を知っていたからこその行動によって得た好感は、まるで彼を騙していたようで、どうしても申し訳なさが先立ってしまった。

前世の記憶による作為的な行動で、彼の気を引くなんてあまりに卑怯な真似に思えて、どうしても彼の好意と向き合うことができなかった。

でも、逃げてばかりでは何も解決しない。

「アデル」

名前を呼べば、彼はゆっくりとこちらに視線を向けた。

こちらを見下ろす蒼い双眸を見つめて、小さく息を呑みながらも、ゆっくりと笑顔を作る。

「以前、貴方が好きだと言ってくれた私の行動は、全て前世の知識を利用したものだったの」

ずっと言えなかった真実を口にする。

「長い間、騙していて本当にごめんなさい」

そう口にした瞬間、唇が震えた。

真実を知って軽蔑されたら、嫌われて距離を取られたら、と不安が押し寄せ、口の中がカラカラに渇いてしまう。

ただ、前世の知識を使ってアデルの気持ちを操作していた自分には、どんな反応を返されようとも受け入れる以外の選択肢は無かった。

緊張に身を縮こまらせて顔を俯けていれば、ふと頬に温かい感触が触れる。

それがアデルの手であることに気付いた瞬間、指先でぐっと顔を上に向かされた。

見上げた先には、表情のない彼がこちらを見下ろしている。

「謝ったら終わりなわけ？」

冷たく言い放たれた言葉に、さっと血の気が引いた。

人ひとりの人生を狂わせておいて、確かに謝るだけでは誠意が足らないと言えるのかもしれない。

まるで私を許すつもりはないとでも言いたげなアデルの態度に狼狽えた瞬間、不意に彼の指先が私の鼻を摘まんだ。

「……んむっ⁉」

息ができずに慌てて抵抗すれば、パッとその手を放される。

「はは、間抜け面」

一体何が起こっているのかと目を瞬いていると、ぱちんと彼の指先で額を弾かれた。

「痛っ！　な、アデルさっきからどういうつもり――」

「謝ったら、それで僕との関係が清算できるとでも思ってるのかって聞いてんの」

「え――」

予想外の発言に、思わず言葉を失う。

じっとこちらの瞳を覗き込んだアデルは、その手で私の顎を捕らえた。

「さっきから聞いてれば、うじうじうじうじ前世だ内戦だ物語の世界だとか。だから何？　つまり僕の気持ちは勘違いだって言いたいわけ？」

「そういうわけじゃ――」

「じゃあなに？　どういうつもりで言い訳ばっかりしてんの？」

目の前の彼が、詰め寄るように顔を近づける。

「クレアが何を考えてたかなんて僕には関係ない。僕を部屋の外に出してくれたのはクレアだし、僕を守ろうとしてくれたのだってクレアだ。どんな理由があろうと、僕に付き合って庭園を散策したのも、中庭で一緒に昼寝をしたのも一緒に色々なことを経験したのも、全部全部クレアだったんだ。クレアがどんな言い訳をしようと、その事実が覆ることはない」

一方的にそう語ったアデルは、その蒼い双眸で真っ直ぐに私を射抜く。

「前世の記憶だとか、物語の中の世界だとか、僕にとってはどうでもいい。大事なのは、クレアが僕の側にいてくれるかどうかだ」

断言するようなその声音に、思わず大きく目を見開いた。

ずっと抱いていた不安を跳ね除《の》け、吹き飛ばしてくれるようなアデルの言葉に、思わず視界が滲みそうになる。

情けない姿は見せたくないと、必死に涙を堪えていれば、彼は僅かに口端を吊り上げた。

「僕の人生に口を出したって言うなら、最後まで面倒見るべきでしょ？」

不敵に笑った彼は、その手を私の頭に乗せた。

髪を梳くような優しいその手つきに、堪えていたものが零れ出しそうになってしまう。

——ああ、私やっぱりアデルのことが——。

滲んだ視界の中で今更ながら実感する自分の想いに、じんわりとした温もりが胸の奥に広がっていく。

唇を噛んで涙を堪えていれば、不意に彼の両手が背中に回り、腕の中に閉じ込められた。

「……アデル？」

名前を呼ぶと、首筋に埋められた彼の唇から囁くような声が耳に届く。

「正直に話して。クレアは、僕のことどう思ってる？」

初めて問われた真っ直ぐな質問に、どくんと心臓が跳ねた。

「あ――」

「前世の記憶とかそういうの関係なく、クレアが僕をどう思ってるかだけを聞かせて」

釘を刺すようなその言葉に、零れかけた言葉をぐっと呑みこむ。

彼の想いを知りながら、自分自身の気持ちに気付きながら、ずっと目を逸らし続けてきた。

本当は語るつもりもなかった前世の記憶まで彼に伝えたのは、私自身を全て受け入れてほしかったからだ。

これまでアデルと身体を重ねていたことだって、少なくとも気持ちがなければ流されることはなかった。

隠し切れないほどに大きくなった自分の想いを自覚して、ふっと頬を緩ませる。

「私は――」

言葉を切ると、そっと彼の肩に額を乗せた。

ずっと言えなかった一言を口にするために、深く息を吸って呼吸を整える。

彼の体温が伝わってくる腕の中で、指先に触れた彼のシャツをきゅっと掴んだ。

「……好きよ、アデル」

絞り出した声は蚊の鳴くような小さな声だったが、そう口にした瞬間、力一杯ぎゅうぎゅうと締め付けられた。

「ア、アデル⁉　苦し――」

「本当に？」

私の抗議の声を遮るように、アデルの低い声が響く。

低く唸るような問いかけに目を丸くしながらも、僅かに震える彼の身体の振動を感じれば、つい笑みが零れてしまった。

「こんなときに嘘を吐くはずがないでしょう？」

宥めるようにそう口にすると、アデルの背中に腕を回す。

背中を優しく撫でた瞬間、彼の身体が強張ったのが伝わってきた。

「本当の本当に？　クレアは、僕の全てを受け入れてくれる？」

「なによその大げさな言い方」

念を押すような彼の言葉に、つい笑い声を上げてしまう。

「私だって、アデルに受け入れてほしくて全てを話してしまったもの。もちろん、貴方のことだって受け入れるに決まっているでしょう？　それに、私以上にアデルの捻くれた性格を熟知している人はいないと思っているわ」

冗談交じりにそう言いながらポンポンと彼の背中を叩けば、その腕が再び強く私の身体を抱き寄せた。

「……前にも言ったよね。僕は、クレアを愛してるって」

ぽつりと呟いた彼は、その頭をぐりぐりと私の肩口に押し付ける。

「クレアが僕を孤独から救ってくれたあの日から、ずっと想い続けてた。クレアの側にいるのは自分でありたいと思っていたし、他の誰にも渡したくなくて、ずっとずっとしがみついてた」

アデルの熱の籠った言葉に、身体の内側がじわじわと熱を帯びていく。

「クレアが僕を弟としてしか見ていないことに気付いて、クレアのことを諦めるべきじゃないかって考えてた時期もあった。想いを断ちきるために隣国留学を受け入れて、物理的に距離を置いて頭を冷やせば、気持ちの整理ができてちゃんと家族として接することができるようになるかもしれないって」

ふっと肩口に吐息を感じる。

「でも、ダメだった」

静かな呟きと共に、首筋に柔らかな唇が触れた。

「向こうにいても、考えるのはクレアのことばかりだったし、手紙で近況を知るたびに会いたくて堪《たま》らなかった。どうして離れてしまったんだろうって、ずっと後悔してた」

彼の腕が、強く私の身体を締め付ける。

「だからもう二度とクレアと離れなくていいように、兄上達と協力しあったんだ」

予想外の言葉に、思わず顔を上げた。

「ライアス陛下と……？」

「正確に言えば、兄上と隣国のお節介王子もなんだけど……とにかく僕はクレアの側にいたくて、兄上は腐敗した王城内を何とかしたいと思ってたんだ。だから協力し合うことにした」

「アデルが、ライアス陛下に協力を？」

私の問いかけに、腕の力を緩めたアデルはじっとこちらを覗き込む。

「そうだよ。兄上が王城の風紀を正せば、王妃は排除されて僕が身を隠す理由もなくなるでしょ？堂々と自分の名前を名乗れるようになるにはその方法しかなかったし、そうすれば正式にクレアに求婚できると思ったんだ」

予想外のアデルの目的に、思わず目を瞬く。

「今回大々的にお披露目をするのも、クレアに求婚するためなんだ」

私に求婚するために王城の風紀を正すだなんて本末転倒に聞こえてしまうが、それほどまでに私のことを想ってくれていたというアデルの気持ちに、じわじわと頬が火照り始める。

気恥ずかしさから顔を俯ければ、彼は私の手を取り、その甲に唇を寄せた。

「他の誰にもかすめ取られたくなかったから、マディス子爵夫妻には、僕が求婚するまではクレアへの縁談は全て差し止めてもらうようにお願いしてた」

「え――」

「僕のせいで、クレアを不安にさせていたらごめん。デビュタントしてからのクレアには、両手で足らないほどの縁談が来てたよ。クレアは物腰が柔らかいし、男達もすぐに目をつけるだろうなって思ってたけど、予想以上の申し込みに全部燃やしたくなった」

謝罪を口にした彼は、懇願するように私の手の甲に額を当てる。

「僕はこの七年間、クレアを得るために必死だったんだ」

私の手をぎゅっと握った彼は、ゆっくりと顔を上げた。

目の前に現れた薄青色の双眸には、強い光が宿っている。

「そんな僕が、たかが『前世の記憶』なんかで、クレアを諦めるわけがないでしょ？」

一点の曇りもない彼の笑顔に、ぎゅっと胸が締め付けられた。

たかが『前世の記憶』と言い切ってくれたアデルの力強い言葉に、心が揺さぶられる。

あれほど不安に思っていたのが馬鹿らしいほど、アデルは真っ直ぐに私のことを想ってくれていた。

その喜びに、再び視界が滲み始める。

「……私でいいの？」

口から零れた卑屈な言葉にうんざりしながらも、それを堪える術を知らなかった。

ぽろぽろと零れる雫を拭っていれば、温かい腕に包み込まれる。

「僕は、クレアがいい」

その言葉に、胸の奥に引っかかっていたものがあっという間に溶かされていく。

腕から伝わってくる温かな体温、耳に響く心地よい声音。

全身を包む多幸感の中で、彼の唇が私の眦《まなじり》に触れた。

「クレア以上に大切なものなんてないんだ」

そう囁いた彼は、ゆっくりと唇を重ねる。

これまで何度も口付けを交わし、それ以上のこともしてきたはずなのに、まるで初めてのように甘くくすぐったい感覚が身体を震わせた。

触れては離れを繰り返した唇は、角度を変えて深く交わり始める。

唇に割り入った舌を受け入れると、その柔らかな感覚に下腹の奥がきゅうと切なくなった。

舌を吸われ、絡められ、交じり合った唾液が口端から零れて首筋を伝っていく。

それすらも気にならないほどに深く深く混ざり合えば、ゆっくりとベッドの上に押し倒された。

「ん――ふ、……っ」

伸ばされた彼の手が、服の上から胸の膨らみに触れる。

これまで何度も身体を重ねてきたはずなのに、アデルに触れられただけで、びくりと身体が反応してしまう。

嬉しいような、くすぐったいような、地に足のつかないまま浮かれた思考はふわふわと定まらない。

「脱がすね」

断りを入れるその声音すら腰に響くようで、こくこくと何度も頷いてしまう。

薄地のナイトドレスはあっという間に剥《は》がされて、生まれたままの姿になる。

全てを曝《さら》け出した自分の姿に心許《こころもと》なくなった瞬間、ふと閉じ込められたときにセレーナから聞いた話が蘇った。

『第二王子の背中には、昔鞭に打たれた大きな痣が残っているらしいの。そう簡単には消えない傷だって聞いているから、それさえ見れば本物かどうかすぐにわかるわ』

こちらを見下ろすアデルは、いつも通り服を脱ぐ様子はない。

「あの、アデル」

「どうしたの？」

不思議そうに目を丸くしたアデルを見上げて、言葉を選びながらゆっくりと口を開いた。

「……伯爵家で捕まっていたとき、第二王子の背中には鞭で打たれた大きな痣が残ってるって聞いたんだけれど」

私の声に目を丸くした彼は、視線を逸らすとわかりやすく舌打ちをした。

「アイツら余計なこと言いやがって」

独り言のようなその呟きに、彼等の話が事実であったことを改めて気付かされる。

そして、自分の知らないアデルの秘密を他の人が知っていることに、なんだかもやもやとすっきりしない気持ちになった。

「その……よければ私にも見せてもらえないかしら」

「クレアに、背中の痕を？」

きょとんと目を瞬く彼に頷いて見せれば、アデルは特に抵抗もなくあっさりとシャツを脱いだ。

「気持ちいいものじゃないと思うけど」

向かい合っていた彼が身体を捻れば、その背中に皮膚が引き攣れたような白い痕が見える。

手を伸ばして古傷の痕に触れれば、その凹凸がはっきりと伝わってきた。

「……痛かったでしょう？」

「まあ、昔のことだし。これをやった奴らは、今頃僕以上の痛みと苦しみを感じてるだろうから、そう気にしてない」

しれっと言ってのけるアデルに、ふっと顔が緩む。

「クレアは、なんで今更こんな傷痕見ようと思ったの？」

飛んできた尤《もっと》もな質問に、気恥ずかしさからつい視線を逸らしてしまう。

「アデルの秘密を一つでも知っておきたかったからよ。……他の人が知っているのに、恋人の私が知らないなんて寂しいじゃない？」

「恋人？」

「……違うの？」

目を丸くした彼に首を傾げれば、口元を押さえたアデルが急に顔を背けた。

「恋人、そっか……」

そう呟いた彼は、がばりと覆いかぶさると、その腕で力一杯私を抱きしめた。

「えっアデ――」

「うん。クレアは僕の恋人だ」

嬉しそうな声を上げた彼は、額に頬にと口付けを落としていく。

「ねぇ、クレア。僕に全てをくれない？」

啄ばまれるようなくすぐったい感触に、つられるように笑みが零れた。

「もう、全部あげているわよ」

私の返答に、アデルは目尻を下げながら笑い声を上げる。

「クレア」

名前を呼びながら、再び口付けられる。

舌を差し込まれ、指先で耳元の窪みをなぞられれば、これから始まる行為を予想して下腹の奥で情欲を孕んだ熱がとぷりと波打つ。

「ふ……っ、ぁ」

アデルが角度を変えるたびに口端からくぐもった声が漏れ、卑猥な水音を立てながら柔らかな舌が絡みあう。

肌の上を滑っていく彼の指先が、太腿を撫で、脚の付け根に触れた。

その感触にぶるりと身体を震わせると、割れ目を押し広げるように這わされ、蜜を溢れさせる秘所に、つぷりと指先が沈められる。

「――っ、ふ」

身体の内側を触れられる感覚に息を詰めた。

「力抜いて」

囁くような低い声がくすぐったくて身体を捩《よじ》れば、不意に彼の手が胸元に触れる。

優しく包み込むように胸の膨らみを揉んでいた手に、徐々に固くそそり立ち始めた胸の先端が擦れ始める。

ぷくりと膨れ上がった胸の先端に彼の指先が触れた瞬間、びくりと身体が跳ねた。

彼の指先が胸の先端を引っ掻き、弾き捏ねるたびに、甘やかな痺れが背中を走る。

「ぁ、ん……」

触れられるたびに、下腹の奥がじくじくと爛れそうなほどの熱を帯びていく。

浅いところをつぷつぷと捏ねるだけだった指先が、溢《あふ》れ出した蜜を纏うと、節くれだった指がぐっと突き立てられた。

「んっ、う」

下腹部の圧迫感に集中してしまいそうになれば、胸の先に触れていた指先が薄く色づいた先端をぎゅっと摘まむ。

「ひぁっ⁉」

その刺激に身体をのけ反らせると、アデルは身体を起こしてこちらを見つめた。

「大丈夫。クレアは何も考えずに、力抜いてて」

優しく語りかけるような低い声に、ぞくりと身体が震えた。

毎夜注がれている溺れそうなほどの快感を思い出して、思わず膝をすり合わせてしまいそうになるが、アデルの存在がそれを許してくれない。

「クレアの可愛い声は僕だけに聞かせて」

そう口にした彼は、蜜壺に差し入れた指先をぐっと押した。

「は――ぁっ」

驚きに目を見開いた次の瞬間、彼が脚の間に顔を埋める。

彼の舌が襞を分け、快感に腫れ上がった突起に舌先が触れれば、甘く痺れるような刺激が背中を駆け昇っていく。

「あぁっ！」

強すぎる刺激にびくりと身体をしならせた。

その間にも、柔らかなアデルの舌は花芯を嬲り、じゅるじゅると水音を立てながら強く吸いついてくる。

舌の動きに合わせて、びくびくと跳ねてしまう私の腰を捉えた彼は、潤んだ蜜壺に沈めていた指を再び動かし始めた。

これまで圧迫感の強かった指の動きが、突然甘やかなものへと変わる。

彼の指がぐちゅぐちゅとナカを掻き回すたびに、腹の奥がもっともっとと何かを求めるように切なくなってしまう。

「あっぁ——や、んあっ！」

ぐぷぐぷと内壁を擦られる感覚に、どんどんと快感がせり上がってくる。

指が出入りするたびに溢れ出した蜜が卑猥な水音を立て、彼の舌先が突起を嬲るたびに身体を貫くような快感が駆け巡った。

何かに追い立てられるように浮いていく腰が、腫れ上がった花芯を甘噛みされた瞬間、びくんと跳ね上がる。

「あぁあっ！」

何かが弾けるような刺激に、頭が真っ白になった。

息の仕方も忘れたようにハッハと短く息を吐くと、次の瞬間どっとベッドに沈み込む。

「……クレア、可愛い」

優しげな声と共に、身体を起こしたアデルがゆっくりと私の頭を撫でた。

毎晩のようにアデルと行為を重ねてきた私の身体は、いつの間にか、彼の手によって簡単に達するようになってしまっていた。

肩で息をしながら、呆然とアデルのほうを見上げていれば、彼が私の太腿を持ち上げているのが見える。

「しっかり解したから、安心して」

そう口にしながらにこりと笑った彼は、指で解したその場所にその切っ先を宛《あて》がう。

「入れるよ」

短くそう告げたアデルは、その切っ先を秘所に押し込んだ。

「ひっ――」

「クレアのナカに入っていいのは僕だけだから」

独り言のようなその声が聞こえた次の瞬間、指とは比較にならない質量のものが、ずぷりと最奥を貫いた。

「ああぁっ！」

身体を押し上げるような圧迫感に、大きく身体をのけ反りながら目を見開く。

そのまま激しく腰を叩きつけられ、全身を揺さぶるような振動が伝わってくるたびに、頭の中が甘く痺れて何も考えられなくなる。

「クレア、可愛い」

楽しげな声を上げたアデルは、その指先を脚の付け根に伸ばすと、膨れ上がった突起を強く押し潰した。

「やあぁっ」

強い刺激に跳ねた腰を両手に捉えられると、再び激しい抽挿が始まる。

ぐちゅぐちゅと愛液が泡立つほどに激しく穿たれ、揺さぶられるたびに、与えられる快感に身体が溶けてしまいそうだった。

「あ、ぁあっ――は、あっ……あぁっ！」

だらしなく開いた口からは、突き上げられるたびに意味のない音が漏れる。

何も考えられず、真っ白な頭の中に、ただ注がれる快楽が刻まれていく。

「んあっ、あっ――アデ、んっ」

「――っ、なに？」

名前に反応した彼に手を伸ばす。

上体を倒した彼の頬に、そっと触れた。

初めて出会った頃から随分成長した彼は、当時の面影なんてほとんど残っていない。

それでも、こちらを見下ろす薄青色の瞳はあの頃と同じ色をしていた。

アデルに求めてもらえることが嬉しい。

アデルと触れ合えることが嬉しい。

そして、アデルが自分の全てを受け入れてくれたことが、なにより嬉しかった。

「……き」

「何？」

聞き返した彼の首に腕を回して、口付けを強請《ねだ》る。

「アデルが、好き」

そう口にすると、目を丸くする彼に唇を重ねた。

拙い私の口付けに、後頭部を掴まえた彼は、押し返すように深く舌を絡ませると深く深く私の口内を埋め尽くしていく。

重なっていた唇がゆっくりと離れれば、二人の間にかかった銀糸がふつりと切れた。

「……僕のほうがクレアを好きだって、知ってるでしょ」

困ったように微笑んだ彼は、私の脚を折り曲げるように肩にかけると、その腰をぐっと押し付けた。

「んぅっ！」

どちゅんと奥を開かれた感覚にぶるりと身を震わせれば、上から押し潰すように身体を重ねられ、熱棒が最奥を抉り始める。

「ひっあ――ん、ぁぅ」

奥を穿たれるたびに、痺れるような甘い刺激が身体を駆け巡った。

一度達した身体は、先程の快感を覚えているのか、注がれる快楽を拾い集めては、一足飛びに理性を苛んでいく。

「あっぁ――やっ、あぁっ！」

びくびくと身体が跳ねると同時に、下腹の奥が切なくてどうしようもなくなる。

再び達してしまったことを実感した次の瞬間、アデルがうっと呻き声を上げるのがわかった。

達したばかりの余韻に肩で息をする私を見下ろしていたアデルが、荒い息を吐きながら前髪を掻き上げる。

「ほんとクレアって……」

その声に、定まらない思考のまま首を傾げれば、ふっと口端を吊り上げた彼がその手を下腹部に滑らせると、膨れ上がった花芯を優しく撫でた。

「ひっ――」

強すぎる刺激に、慌てて腰を引こうとするものの、逃げられないように腰を捕らえられ、指先でかりかりと弾かれてしまう。

「あ、やぁっ！」

その刺激に目を見開けば、アデルはこちらを見下ろすとふっと微笑んだ。

ずるりと熱棒を引き抜いた彼は、私の身体を反転させるとうつぶせにさせる。

「クレアは、こっちも好きだったよね」

そう呟いた彼は、私の腰を引き上げると、その剛直で再びナカを貫いた。

「あぁっ‼」

ごちゅんと奥を抉るような感覚に、生理的な声が上がる。

慌ててシーツを掴んで意識を保つものの、アデルは逃さないと言わんばかりに腰を掴み、達したばかりで敏感になっている身体を容赦なく責め立てはじめた。

「は、っ――ん、ゃ――あっ、ひぁっ！」

ずんずんと押し上げるような律動に合わせて、肌のぶつかり合う音と、ぐちゅぐちゅとナカをかき混ぜる卑猥な水音が響き渡る。

「っ……ここも好きだよね」

そう言いながらアデルは手を伸ばすと、私の両胸の先をきゅっと摘まんだ。

「ひぁっ！」

指先で撫でられ弾かれ摘ままれて、その度に身体がびくびくとしなる。

後ろから押しつぶされるような体勢で貫かれれば、まるでアデルに身体の内側全てを支配されているような心地になった。

「やっあ――んっ、アデ……もうっ」

強すぎる快感に首を振って訴えれば、彼の唇が項《うなじ》に触れる。

身体を揺さぶられながら、項を甘噛みされれば、それらが全て性感帯になったように体中が熱に苛まれていく。

「あっぁああ――」

「――っ」

頭の中が白く染められていく瞬間に、腹の奥に熱いものが広がった。

残滓《ざんし》が広がる感覚にぶるりと身体を震わせれば、後ろから伸びてきた手が力強く身体を包み込む。

「……クレア」

私の名前を呼ぶ優しい声に、手放しそうになっていた意識がうっすらと戻ってくる。

背中から伝わってくる熱に身体を預けていれば、その腕に抱き起こされると耳朶《じだ》を柔らかく食《は》まれた。

「ありがとう、クレア」

肩口にぐりぐりと押し付けられる頭が揺れるたび、柔らかなその髪が頬にあたってくすぐったい。

――もう、指一本動かせないかも。

そんなふうに思いながら、なんとかアデルの頭に顔を寄せると、ゆっくり目を閉じる。

「愛してる」

その声は現実だったのか、幻だったのか。

三度も達したせいか、すっかり力の入らない身体をアデルに預けると、私はついに意識を手放してしまったのだった。

第六章　平和的解決？

広々とした王城の式典会場には、国中の貴族達が集められている。

談笑する華やかなご婦人やご令嬢、身なりのいい紳士達の姿を眺めながら、私は一人会場の端で緊張から視線を正していた。

本日は戴冠式であり、第二王子のお披露目の日。

この日を前に準備をしてきたアデルの晴れ舞台だった。

大役のある彼は、準備のため前日から登城しなければならなかったため、今日のエスコートは父が勤めてくれた。

ふと周囲を見回せば、和やかな会場の雰囲気が伝わってくる。

集められた貴族達の中に、先日事件を起こした元王妃側の者達の姿はなかった。

セレーナをはじめとした彼等の処分について、アデルは言葉を濁しながらも厳格な処分が与えられたとだけ教えてくれた。

国王陛下に盾つくような真似をしたのだから、衆人環視の下で首を刎《は》ねられないだけましだとはわかっていながらも、どうか彼女だけにでも更生の道が残っていてほしいと祈るばかりだった。

祝賀ムードの会場に、高らかなファンファーレが鳴り響く。

会場中の視線が向かった先には、長い階段をゆっくりと下りてくるライアス陛下の姿があった。

真っ直ぐな金色の髪を短く切《き》り揃《そろ》え、精悍《せいかん》な顔つきの彼は、『ディアロスの英雄』で見た挿絵よりも、どことなく大人びて見える。

王笏《おうしゃく》を手にした彼が、会場中の視線が集まる壇上に降り立てば、戴冠の儀式が始まった。

会場の貴族たちの視線が集まる中、ライアス陛下が誓いを述べると、その頭上には国王の証である王冠が乗せられる。

戴冠の儀を経て、名実ともに国王となったライアス陛下が会場に向き直った瞬間、誰からともなく拍手が起こり、すぐに会場中が歓迎の拍手に包まれた。

ようやくこれで『ディアロスの英雄』が本当に終わったのだと感慨に耽っていれば、壇上の陛下がすっとその手を上げる。

「本日私の戴冠式に参列してくれたこと、心より感謝する」

若々しくも威厳のある声が、会場に響いた。

「私が今この場に立っていられるのも、全ては腐敗した王城の粛清に協力してくれた自慢の弟のおかげだ。この場で、皆に彼を紹介させてほしい」

そう陛下が告げると、壇上に一人の青年が姿を現す。

皆の視線が注がれた先は、癖の強い金色の髪をきっちりと纏め、白地の王族服に身を包んだアデルの姿があった。

見慣れた相手のはずなのに、正装をして身を整えた彼は、どこか別人のように眩しく感じられる。

黄色い声を上げているご令嬢達の一部からは、以前私と夜会に参加したときのことを覚えているのか、ちらちらとこちらに視線を向ける者もあった。

多少の後ろめたさはありつつも、あの時点で彼の身分を明かすわけにもいかなかったのだからと、真っ直ぐ壇上へと視線を向ける。

隣に並び立ったアデルを認めたライアス陛下は、再び会場に向き直った。

「元第二王子であり、現王弟となるアベル・ディアロスだ」

その声に、会場中から拍手が沸き起こる。

「我が弟アベルは、この国を正そうと長きに亘《わた》って行動を共にしてくれていた。今後も王弟としてこの国を末永く支えてくれることだろう。この国の王として、これまでの礼と誠意を示したい」

そう告げたライアス陛下に一礼したアデルは、静かに膝を折る。

忠誠を誓う姿勢を取ったアデルの肩に、陛下は静かに王笏をかざした。

「アベル・ディアロスに公爵位を授ける。今後も王弟として、私と共にこの国の繁栄に協力してほしい」

「謹んで承ります、国王陛下」

新たな公爵の誕生に、会場には歓迎の拍手が溢れた。

元王妃一派が粛清され姿を消した者も多い社交界で、将来有望な若い高位貴族が誕生したことに、ご令嬢方やその両親たちは俄かに沸き立つ。

そんな中、ふと壇上の彼と目が合った。

まさかこんな広い会場で目が合うなんてと驚きに目を瞬いた途端に、アデルはにこりと笑みを浮かべる。

その笑顔に嫌な予感がした瞬間、彼は静かに立ち上がった。

突然の行動に目を瞬く陛下に、アデルは丁寧に一礼をする。

「陛下。せっかくの機会ですので、約束していた私のお願いを、この場で叶えてくださいませんでしょうか」

「ああ、なるほど。以前から話していた件だな」

「はい」

肯定を示したアデルを見て、陛下は会場に向き直った。

ざわつく会場を前にして、ライアス陛下はにこりと笑顔を浮かべる。

「我が弟は随分と情熱的な性格で、長いこと想い慕っていた御令嬢がいるらしい」

陛下の言葉に、会場中はざわりと色めきたつ。

「彼女をどうしても妻として迎え入れたいと心に決めているらしく、今日この場で、未来の公爵夫人に求婚したいそうだ」

ライアス陛下の提案に、会場からは割れんばかりの拍手が巻き起こった。

黄色い歓声が飛び交う中で、私は一人血の気を失っていく。

——求婚なんて聞いてない。

確かに先日想いを伝えあった私達は、恋人という関係性ではあった。

既に身体の関係もあることから、近いうちに婚約をして婚姻の準備をするものだとは思っていたが、まさかこんな大勢の前で求婚されることになるだなんて想像もしていなかった。

何の心構えもできていない私は、ただ身体を硬直させたまま、壇上を降りて真っ直ぐこちらに向かってくる彼の姿を呆然と見つめる。

彼が進むたびに人々が道を空け、どんどんとこちらに近付いてくるのがわかった。

あっという間に私の元に着いた彼は、正面に立つと目尻を下げて嬉しそうに微笑んだ。

「クレア」

私の名前を呼ぶと、膝を折って手を差し出す。

「クレア・マディス子爵令嬢。ずっと前からお慕い申し上げておりました」

身なりを整えたアデルの改まったその口調を前に、緊張からか、じわじわと身体が火照り始める。

「貴女と出逢《であ》ったときから、私には貴女しかいないと確信していました。どうか私の妻となり、これからも私の側にいてくださいませんか？」

蕩けるような笑顔を向けられて、緩みそうになる口元をきゅっと引き結んだ。

これまで目立つような立場になったことのないせいか、会場中の視線を前に、どうしても足が竦んでしまう。

けれど、アデルの想いに応えたいという気持ちは揺らぐことはなかった。

ふと見れば、アデルの耳元には薄青色の石が光っている。

こんな大切な日にも揃いのピアスをしてくれていることに込み上げる喜びを感じながら、自身の胸元に光る同じ色の石にそっと触れた。

刺さるような視線の中、震える手を、ゆっくりと彼のそれに重ねる。

「……どうぞ末永く、よろしくお願い申し上げます」

緊張に裏返りそうな声を必死で抑えながら返事をすれば、誰かのぱちぱちという拍手が聞こえてくる。

その音が一つ、二つと広がっていき、いつの間にか会場中が大きな拍手に包まれたのだった。

＊・＊・＊

「アデル！　求婚だなんて聞いてないわよ！」

寝室で彼を迎えた瞬間、勢いよく駆け寄って相手に詰め寄る。

戴冠式を終えた私は、案内されるままに両親と別れ、一足先に用意されていたらしい新しい公爵邸へと向かった。

生まれ育ったマディス子爵邸が三つは入りそうなほどの大きなお邸に気圧されながらも、中に入って身支度を調え、夫婦の寝室だという部屋で休んでいれば、しばらくして扉をノックする音が響く。

そこに姿を現したのが、いつもの普段着に着替えたアデルだった。

私同様に身体を清めたのか、式典できっちりと纏められていた髪型は、普段通りの無造作なものに戻っている。

「あーごめん、ごめん。元々クレアを公爵夫人に迎えることは兄上と約束してたんだけど、せっかくなら周囲に宣言して牽制しようかなって」

「牽制って……アデルじゃないんだから、私には必要ないわよ」

アデルほどの美貌に生まれたのならまだしも、自分程度の容姿身分には必要ないだろうと溜め息を溢す。

呆れついでに肩を竦めれば、アデルはむっとした様子で口を尖らせた。

「そういうところだよ。クレアって案外うっかりしてるし、従順そうに見えるから厄介なのを引き寄せやすいんだよね。粘着質っぽいやつには釘差しとかなきゃって思って」

「そんな人いないわよ」

「どうだか。実際、僕みたいなのに執着されてるんだから」

そう口にした彼は私の顎を捕らえると、くいっと上を向かせる。

向かい合った私に触れるだけの口付けを落とした彼は、ゆっくりと離れながら、自嘲の笑みを浮かべた。

「ア、アデ――」

「アベルだよ。本当の僕の名前」

そう告げた彼の声に、どこか有無を言わせない圧力を感じてしまう。

「アベル……？」

「うん、そう。今日からは本当の名前で呼んでね。もちろん、愛称のアビーでもいいけど」

にこやかな笑みを浮かべた彼は、私の頬を包むように手を添えると、頬に額にと口付けを落としていく。

「……あの頃のアビーとは、随分変わってしまったわ」

「あはは、がっかりした？」

悪戯っぽく笑ってみせる彼を前に、ふっと笑いを溢しながら小さく肩を竦める。

「そんなことあるはずないでしょう？」

そう告げると、自ら唇を重ねた。

「アデルもアビーもアベルも、全て私の愛《いと》しい人だわ」

頬を撫でながら薄青色の瞳を覗き込めば、その目が溶けるように柔らかく緩んだ。

「……クレアがそう言ってくれるなら、自分も過去も捨てたもんじゃないって思えるよ」

そう口にした彼は、私の身体を軽々と抱き上げる。

突然の浮遊感に慌てて彼の首に腕を回せば、私を抱えたアベルは、すたすたと歩き出すとベッドの上に腰を掛けた。

「結婚まで、色々我慢できなくてごめんね」

今更何を言い出すのかと目を瞬いていれば、アベルは困ったように眉尻を下げた。

反省を見せるその姿に目を丸くしながらも、こちらを気遣ってくれるその気持ちが嬉しくて、彼の頭を撫でるようにその髪を梳く。

「アベルはあのときも、ちゃんと逃げ道を用意してくれていたわ。それでも受け入れたのは私なんだから、二人で選んだ結果よ」

そう言いながら微笑みかければ、アベルは何かをぐっと堪えるように眉根を寄せて、ふっと笑顔を作った。

「そうやってクレアは、いつも僕の欲しい答えをくれるよね」

そう口にしながら、彼は私の額に口付けを落とす。

初めて身体を重ねた日も、その後の彼との行為も、断ろうと思えばいつだって拒絶することができた。

それなのに、流されるまま行為を受け入れていたのは私自身の判断だ。

「アベルこそ、私の一番望んでいた言葉をくれたじゃない」

私の言葉に、彼は心当たりがない様子で目を瞬く。

自身の秘密を打ち明けたとき、何の問題もないと受け入れてくれた彼の言葉は、罪悪感に囚われていた私を救ってくれた。

今の彼の表情から、それが作為ではなく彼の本心だったことを今更ながらに実感して、つい頬が緩んでしまう。

手を伸ばし彼の頬を撫でると、ゆっくりと唇を重ねた。

「私を、名実ともに貴方のものにしてくれるんでしょう？」

私の囁きに、ふっと柔らかな笑みを浮かべたアベルは、角度を変えながら何度も口付けを落としていく。

「もちろん」

そう短く告げた彼は、薄く開いた唇の間から舌を差し込むと、私の舌先に触れ、ゆっくりと絡みつく。

まるでそれが合図だったかのように、背中を支えていた彼の手が胸元へと伸ばされた。

おそらくアベルが密かに準備させていたであろう衣装は普段よりも薄地のもので、胸元の編み紐を引けば、左右に開き簡単にはだけるようになっている。

あまりにもあからさますぎると思いつつも、仕様を知っているらしい彼は、その紐を引いて開いた隙間から指先を滑り込ませた。

「っ……ん」

彼の指が胸元に触れるだけで、びくりと身体が跳ねてしまう。

これまで散々彼との行為に慣らされた身体は、指の感触だけで、その先の刺激を期待しているようだった。

「式典のせいで二日も触れられなかったから、今日は我慢できなさそう」

そう口にすると、アベルは胸元を揉みしだきながら、覆いかぶさるように口付けを深めていく。

式典準備のために前日の朝から出たアベルと触れ合わなかったのは、実際は一日と少しだけなのだが、連日の行為に慣らされていたせいか、私自身も目の前の彼と触れ合えることに、そこはかとない悦《よろこ》びを感じていた。

差し出された舌先を扱かれ、じゅっと吸いつかれるたびに、ぶるりと身体が震えてしまう。

じわじわと背筋を上ってくるような快感に、徐々に理性が苛まれ始める。

「我慢、しないで？」

蕩けた思考のまま、そう口にしながら、目の前の相手をじっと見つめる。

「私はアベルのものなんだから、貴方で埋め尽くして」

口端から零れる吐息と共にそう囁けば、次の瞬間どさりとベッドの上に押し倒された。

熱を孕んだ瞳がこちらを射抜いたと思ったら、はだけていたナイトドレスをあっさりと脱がされ、あっという間に一糸纏わぬ姿にされてしまう。

「クレアは、僕を煽るのが上手だね」

独り言のようにそう呟いた彼は、次の瞬間、私の胸の先端を口に含んだ。

「んぁっ！」

立ち上がっていた胸の先に音を立てて吸いつかれ、舌先で弄ばれる。

もう片方も指先で捏ねられ弾かれれば、その度に腰が跳ねあがった。

「っ、ぁん――や、あぁっ！」

「クレアは本当にここが好きだよね」

そう言いながら優しく歯を立てられれば、びくりと身体が跳ねると同時に、下腹に溜まった熱がとろりと溶け出してしまう。

ちろちろと舌先で弄《いじ》られ、指の腹できゅっと摘まれるだけで、敏感になっていた身体はすぐに快楽を追いかけ始めた。

「んんっ――」

びりびりと背中を駆け昇る快感に、身体をしならせる。

下腹を締め付けるような収縮を感じた次の瞬間、びくびくと震えた身体からは、どっと力が抜けていった。

自分の身体の反応が信じられなくて、呆然と天井を見つめることしかできない。

――もしかして私、今――。

「もうイったんだ」

嬉しそうなアベルの声に、カッと顔が熱くなる。

口付けをされて胸を弄られただけなのに、こんなにすぐ達してしまうなんて、まるで淫乱な身体だと言われたようで、いてもたってもいられなくなった。

「や――」

「はは、クレア可愛い」

楽しげに身体を起こした彼は、私の太腿を肩にかけるようにして腰を持ち上げる。

アベルの目の前に自身の秘所が露わになっている状態に、新たな羞恥が全身を火照らせた。

「ア、アベル！　見ないで」

「どうして？　クレアの全てを僕のものにしていいんでしょ？」

そう口にした彼は、その指で媚肉をぐっと押し開いた。

その拍子に溢れ出した蜜が谷間を伝っていく感覚に、慌てて腰を引こうとするものの、脚を掴まえられた状態では逃げようもない。

蜜を溢す入り口に指先が触れた瞬間、くちりと水音が立った。

そのままぐっと秘所に指を押し込まれれば、その圧迫感にぞくぞくと背中を何かが這《は》い上《あ》がってくるのを感じる。

「ん、ぅ――」

「クレアの声、もっと聴かせて」

そう口にした彼は、愛液に濡れた指をぐちゅぐちゅと動かし始める。

「あっ……ぁ、やっ――」

内壁を擦られるたびに、むず痒いような耐えがたい甘い刺激が走り、びくびくと身体が跳ねてしまう。口元に手の甲を当てながら、救いを求めるように片手を伸ばせば、彼の舌先が膨れ上がった花芯に触れた。

「ひあっ！」

強すぎる刺激に慌てて首を横に振っても、アベルが行為を止める気配はない。

ぐちゅぐちゅとナカを掻き回されながら、舌先で花芯を押し潰され、捏ねるように弾かれれば、強すぎる快感に頭の中が真っ白になっていく。

舐め解された場所を強く吸われた瞬間、一度達した身体が再び快楽の先へと押し上げられるのがわかった。

「ぁあああっ！」

びくびくとしなった身体は、膣《ちつ》内を掻き回していたそれを強く締め付けてしまう。

ちかちかと星が浮かぶような視界に、身体を起こしたアベルの姿が映った。

こちらを覗き込んだ彼は、満足そうな笑顔を浮かべる。

「ああ、クレア。これからずっと君が僕のものだなんて、夢みたいだ」

まるで少年のような無邪気さでそう呟いたアベルは、蜜壺に沈められていた指を引き抜くと、そこに彼のモノをぴたりと宛がった。

「これでやっと、安心してクレアを抱ける」

そう口にした彼は、閉じていた蜜口を抉じ開けるように、ぐぷぷと熱棒を圧し入れていく。

「っ、は――」

肉壁を押し広げながら、めり込んでくるモノの圧迫感を逃すように、身体を反りながら短く息を吐く。

肩で息をしていれば、身体を倒した彼が首元に顔を埋めた。

熱棒が動かされるたび感じる圧迫感に、びくびくと身体を震わせるたびに、彼は首筋に唇を寄せて、ちゅっと音を立てながら愛しげに口付けを落としはじめる。

「クレアの身体は、どこを舐めても美味しいね」

首筋を辿るように舌先を這わせた彼は、こちらを見下ろしてにこりと微笑んだ。

満足げな表情で身体を起こしたかと思えば、次の瞬間その指先で膨れ上がった花芯を弾く。

「ひっ⁉」

突然与えられた刺激に、びくりと身体が反応した。

「ここを触っていたほうが、受け入れやすいでしょ？」

楽しげに微笑んだ彼は、指先で突起をカリカリと引っ掻き始める。

「んっう、ゃ――あっ！」

注がれ続ける強すぎる刺激に、再び快楽が背中を昇っていくのを感じた。

花芯を指の腹でぐりりと強く押し潰されると同時に、ナカを埋め尽くしていた熱棒がずぷりと根元まで圧し入れられる。

その衝撃に、痺れるような快楽が全身を駆け巡った。

「んぁあっ‼」

もう何度目かわからない絶頂に、身体が痙攣するようにびくびくと跳ね上がる。

「はは、クレア本当に可愛い」

その声が耳に届くと同時に、内側を貫いていた剛直が奥へ奥へと侵入してくるような律動が始まる。

「あっ！　あ、や――んぁ！　はっ」

肉壁を擦られるたび下腹に溜まっていく快感に、絶え間なく口端から声が漏れた。

「クレアごめんね、ずっとこうしたかったんだ」

そう呟いたアベルは、私の胸の先を強く摘まむ。

「ひぅっ！」

強すぎる刺激に背中を反った私を見て、嬉しそうに微笑んだ彼は、私の両手首を束ねて頭の上に固定した。

「クレアの快感に脅える顔が愛しくて、興奮して仕方なかった」

にこやかに告げられたその言葉に目を見開けば、腰を掴まれて一際深く最奥を抉られる。

「かはっ――」

内臓を突き上げるような刺激に思わず目を剥いた私を見て、アベルは楽しげにその目を細めると、再び私を突き上げ始めた。

「あぁっ――は、あっ！」

「ああ、クレア。もっと気持ちよくなって、僕だけにその顔を見せて」

こちらを覗き込みながらそう語る狂気じみたアベルの瞳に、ぞくぞくと何かが背中を駆け昇ってくるのを感じる。

「やぁ、あっ！　も、っ……イきたくな――」

そう言い終える前に、彼の手に胸の先を摘まれれば、再び快楽の向こうへと打ち上げられた。

「あぁあっ！」

強すぎる快感から逃げたいのに、逃げる隙を与えてもらえない。

絶え間なく突き上げられ、ぐぼぐぼとナカを抉られれば、もう何も考えられなくなってしまう。

蕩けた思考では、意味のある言葉なんて出てこないまま、揺さぶられるままに口からは、ただ意味のない音だけが漏れていた。

「ああ。クレア、やっと僕のものになってくれた」

ずちゅずちゅと打ち付けられるそれが、私の理性を全て奪っていく。

「これまでクレアに来た縁談を何度潰したことか」

彼の指先が胸の先を弾き、花芯を押し潰すたびに、私の身体はびくびくと跳ね上がった。

「やっと……やっと手に入れたんだ」

そう口にした彼は、私の腰を捕らえると一際深く内側を抉る。

「絶対に離さない。クレアは僕だけのものだ」

低く呟いた彼は、熱棒の切っ先から根元までを激しく打ち付けた。

「あぁっ！」

痺れるようなその刺激に身体を震わせていれば、ナカを抉るソレがじゅぷじゅぷと音を立てて突き立てられたあと、内側に熱いものが広がっていくのを感じた。

覆いかぶさる彼が動きを止め、肩で息をしているのを見て、彼が達してくれたことを察する。

――終わった、の……？

何度も気をやり過ぎて未だ整わない呼吸のまま、相手を覗《のぞ》き見《み》れば、こちらの視線に気付いた彼がゆっくりと身体を倒す。

目の前に現れたアベルは、そっと柔らかな口付けを落とした。

「クレア、ごめんね。無理させた？」

気遣わしげなその声に目を瞬きながら、ふっと頬を緩ませる。

「……少しだけ驚いたけど、無理はしてないわ」

私の言葉に表情を和らげた彼は、私の額に唇を寄せた。

「それなら良かった。今までクレアに嫌われたくなくて我慢してたから」

どこかはにかみながらそう口にするアベルを前に、つい気になったことが口を突いて出る。

「アベルが我慢してたのって、その、激しい行為をってこと……？」

うまく言葉にできない私を見て、アベルは嬉しそうに目を細めた。

「僕は、クレアがイキよがってくれてる姿を見るのが一番興奮するんだ」

「イ――興奮……？」

あまりに爽やかな笑顔で物騒なことを口にするアベルを前に、理解が及ばずただただ目を瞬くことしかできない。

そんな私を見て、彼は寂しそうに眉尻を下げると、じっとこちらを見つめた。

「……幻滅した？」

懇願するようなその視線に、先程まで強張っていた身体からふっと力が抜けてしまう。

ここまで惚《ほ》れ込んでおいて、幻滅なんてしようがない。

婚前交渉だって、夜会前の情事の痕だって、これまで彼の望みは全て受け入れてきた。

なんだかんだ結局、自分はアベルに甘いのだ。

――惚れた弱みってやつなのかしら。

ふっと笑みを溢すと、その輪郭を指でなぞる。

「私がアベルに幻滅するとしたら、この国を滅ぼそうとしたときくらいかもしれないわね」

悪戯っぽく言ってみせれば、彼は嬉しそうに私の手を取ると、その頬を擦りつけた。

「クレアがいる限り、そんなことしないよ」

穏やかな返答に微笑み返せば、アベルは何かを思い出したかのように、あっと声を上げた。

「でも、もしクレアを奪われたりしたら、僕は国を滅ぼそうとするかもしれないけどね」

さらっと告げられたその言葉に、思わず口元がひくついてしまう。

「は、はは」

「はは、え？　嫌だな。もしもだよ、もしも」

乾いた笑いを漏らせば、楽しそうな声を上げたアベルが私の頬に唇を寄せた。

「これからずっとクレアを離すつもりはないから、そのつもりでいてね」

そう告げると、再び唇が重ねられる。

「それで、さっそくこのまま続きをしたいんだけど？」

「続き⁉」

アベルの言葉に素っ頓狂な声を上げながらも、下腹部に入れられたままだった彼のモノが、いつの間にかその質量を取り戻していることに気付いた。

「さ、さっき達したばかりじゃ――」

「あはは、今日は僕たちの仲が正式に認められた日だよ。朝まで睦《むつ》み合うのは当然でしょ？」

「朝まで⁉」

驚きに声を上げた私を見て、アベルはなぜか嬉しそうに破顔する。

「そうそう。大丈夫、クレアがくたくたになって明日はベッドから一歩も出られなくても、僕が心を込めてお世話するから安心してよ」

そう告げた彼は、こちらの返事を待つことなく唇を重ねる。

唇を割って舌を絡められると、あとは溺れるばかりで、何も言えなくなってしまう。

不穏なことを口にしながらも、ただひたすらに愛を注いでくれる彼を愛してしまったのだから、もう受け入れる以外の選択肢はないのだろう。

注がれる甘い口付けに酔いつつ、ふっと頬を緩めた。

――こんなエンディングも悪くないわよね？

そう心の中で呟きながら、彼の背中に腕を回す。

翌日、アベルの宣言通り寝室のベッドから一歩も出られなかったのは、また別のお話。

あとがき

こんにちは。まつりかと申します。

この度は「モブ令嬢は義弟のラスボス化を回避したい‼　執着溺愛ルートなんて聞いてません」をお手に取ってくださりありがとうございます。

ガブリエラブックス様での二冊目の機会を頂き、大好きな義弟ものを書かせていただきました。せっかくの機会なので、内容について少しだけお話させてください。

ヒロインであるクレアは、前世で大好きだった物語に転生してしまった転生者です。読書家だった彼女は、転生といえば悪役令嬢くらいの気持ちだったかもしれませんが、残念ながら転生先は血生臭い歴史物語のモブ令嬢でした。それでも、いずれくる内戦を回避しようと行動したことが彼女の転機であり、運命の分かれ道となります。

一方ヒーローであるアベルは、ラスボスとして能力・美貌・才能全てに恵まれながらも、幼少期は悲惨な境遇に置かれていました。しかしクレアと出会い、彼の世界が変わりはじめます。

アベルにとって、クレアに手を引かれながら邸の中で過ごした時間は、モノクロの世界が突然彩られていくくらいの衝撃だったことでしょう。そんなクレアを、アベルが好きにならないはずがありませんでした。

クレアを好きになったアベルは、持てる才能の全てを以てクレアを得ようと行動します。その行動が原作を変え、ジャンルを飛び越えてこの物語に繋がっていくのでした。

さて、ここで今回の作品にご尽力くださった皆様にお礼を述べさせてください。

可愛らしいクレアと、ラスボスの風格たっぷりのアベルを描いてくださった針野シロ先生、この度は素敵なイラストをありがとうございました。

可愛らしくも色々と慎ましやかなクレアはもちろんのこと、アデルがあまりにアベルそのもので、色っぽくも余裕と狂気を滲ませる姿に見惚れるばかりでした。

また、前作に引き続きお声をかけてくださった担当編集様、編集部の皆様、版元様、本作の刊行に携わってくださった皆様方、本当にありがとうございます。

最後に、沢山のタイトルが並ぶ中、この本を手に取ってくださった貴方様に感謝申し上げます。

ありがとうございます。

少しでも楽しんでいただければ、この上ない喜びです。

まつりか

ガブリエラブックス好評発売中

gabriella books

初夜まで戻って抱かれたい

時戻り妻は冷徹将軍の最愛でした

ちろりん イラスト：氷堂れん／ 四六判

ISBN:978-4-8155-4356-3

「予定通り……貴女を抱いてもいいだろうか」

侯爵令嬢ロージーは強面で冷徹と噂の将軍シヴァと政略結婚したが、彼に対する恐怖から初夜を拒んでしまう。その後一度も会うことなく彼の訃報を聞いたロージーだったが、残された手紙から彼に愛されていたことを知り、自らの判断を後悔する……と次の瞬間、時が結婚式当日へと遡った。「初めて見たとき、貴女に惹かれていた」。二周目にして互いの気持ちを確かめ合い、甘く求め合う二人だったが…。

ガブリエラブックス好評発売中

gabriella books

過労で倒れた社畜な子爵令嬢ですが
聖騎士様に溺愛保護されています

千石かのん イラスト：森原八鹿／ 四六判

ISBN:978-4-8155-4357-0

「君は君自身をもっと大切にするべきだ」

王都防衛組織「銀嶺」の魔道具製作所に勤務するスノウは貧乏子爵家の出身。実家のため高位貴族の注文に振り回されていつも過労気味な彼女は、公爵令息で騎士隊長のイリアスの前で倒れて彼の屋敷で保護されることに。遠慮気味のスノウに対しぐいぐい距離を縮めようとするイリアス。「拒絶されたら無理やり俺のものにするところだった」キラキラの美貌の彼に溺愛されて押され気味のスノウは…!?

ガブリエラブックスをお買い上げいただきありがとうございます。
まつりか先生・針野シロ先生へのファンレターはこちらへお送りください。

〒110-0016　東京都台東区台東4-27-5（株）メディアソフト
ガブリエラブックス編集部気付　まつりか先生／針野シロ先生　宛

gabriella books

MGB-133
モブ令嬢は義弟のラスボス化を回避したい!!
執着溺愛ルートなんて聞いてません

2025年3月15日　第1刷発行

著　者　まつりか
装　画　針野《はりの》シロ
発行人　沢城了
発　行　株式会社メディアソフト
〒110-0016
東京都台東区台東4-27-5
TEL：03-5688-7559　FAX：03-5688-3512
https://www.media-soft.biz/
発　売　株式会社三交社
〒110-0015
東京都台東区東上野1-7-15
ヒューリック東上野一丁目ビル３階
TEL：03-5826-4424　FAX：03-5826-4425
https://www.sanko-sha.com/
印　刷　中央精版印刷株式会社
フォーマットデザイン　小石川ふに（deconeco）
装　丁　齊藤陽子（CoCo.Design）

ISBN 978-4-8155-4359-4